Andressa Portugal
Fernando Cavazotti

Agridoce

exemplar nº 147

Curitiba
2023

capa e projeto gráfico **FREDE TIZZOT**

encadernação **LABORATÓRIO GRÁFICO ARTE & LETRA**

©Arte e Letra, 2023
©Andressa Portugal e Fernando Cavazotti

P 853
Portugal, Andressa
Agridoce / Andressa Portugal, Fernando Cavazotti. – Curitiba : Arte & Letra, 2023.

108 p.
ISBN 978-65-87603-45-2

1. Contos brasileiros   I. Cavazotti, Fernando   II. Título

CDD   869.93

Índice para catálogo sistemático:
1. Contos: Literatura brasileira   869.93
Catalogação na Fonte
Bibliotecária responsável: Ana Lúcia Merege - CRB-7 4667

ARTE & LETRA
Curitiba - PR - Brasil
Fone: (41) 3223-5302
www.arteeletra.com.br - contato@arteeletra.com.br

SUMÁRIO

Prefácio..5

Lista 66..9

A mãe...17

O mateiro...23

Sarah Sheila e o ladrão de almas........29

Meretriz...35

Cicatriz..45

Pesado...51

Roleta russa...57

Vermelho por dentro..........................61

Era uma vez minha mãe.....................67

Porto do inferno.................................79

Anita..83

O limite do tédio................................85

Para Simão..89

Porcos malditos..................................91

Confissão...99

PREFÁCIO

Como são ousadas as indefinições.

Há quem diga que quem se define, se limita. É verdade. Mas definições e limites conferem segurança. Algo definido está destinado.

Já as indefinições, além de certa ousadia, carregam em si o ímpeto da eterna possibilidade. Pode ser que, por casualidade do destino, acabem por cumprir o que lhe é de definição. E há ainda mais beleza nisso: poderiam ser tantas coisas e acabam por cumprir ser o que lhes cabe.

Mas a imprevisibilidade traz consigo a surpresa.

E é de surpresas que este livro é feito.

Ofício de base de nós quatro, escrever sempre é objeto de desejo e discussão. E o tempo sempre apontado como o algoz que privaria o mundo de obras dignas de prêmios ainda não concebidos.

Até que, quebrando as definições, Fernando e Andressa nos apresentaram Agridoce.

Mas talvez algo para além do tempo nos impedisse de fazer a leitura de Agridoce.

Talvez por admirar a arte e desejar por ela sermos usados, ler algo que nos foi pedido em confiança é quase como entrar em solo sagrado. Há uma força que nos imputa certo desmerecimento.

Mas basta o primeiro final para que seja impossível parar.

Histórias marcantes de personagens comuns. Pessoas

como aquelas que a gente pode cruzar na rua, mas que fugiram ao que lhes era esperado.

E é essa toada de indefinições que torna difícil largar o livro. E agora? Agora? Agora?

Agridoce é sobre opostos que coexistem sem a obrigação de se complementarem.

É sobre a incrível possibilidade do que é comum.

Entre histórias de outrora e, a maioria, contemporaníssimas, esta obra traz uma riqueza de situações e personagens semelhantes e, ao mesmo tempo, díspares, que podem ser um amigo de infância ou um atual, um colega de trabalho, um familiar ou um alguém com quem cruzo no dia a dia, cujo subterrâneo do modo de ser e agir profissional ou familiar desconhecemos.

São histórias profundamente imagéticas, vivenciadas por pessoas reais e, de novo a maioria, fruto da criatividade desses dois novos escritores. São situações e personagens palpáveis e possíveis, assim como imprevisíveis e inquietantes, que habitam conosco o mundo real e, ao mesmo tempo, o mundo imaginal. Sim, porque são situações que nos conectam com nossas próprias imagens interiores, psíquicas – como sugere Jung -, provocando em nós sentidos próprios, parcimoniosamente aceitos ou esquivos. Algo como: Eu faria exatamente isso nessa mesma situação?

Entendendo o mundo imaginal como algo entre a realidade sensível e a inteligível, o filósofo francês Henry Corbin - aliás, colega do psiquiatra suíço Jung - diz se tratar do mundo das imagens, que é - diz ele - o lugar onde podemos nos reencontrar, porque é o mundo da relação. Eis a síntese deste livro: quem são esses personagens-eu nas distintas relações que lhes tocaram viver?

Convidamos você a um ótimo exercício de empatia e alteridade por meio dessas experiências poéticas, inquietantes, instigantes presentes nessas narrativas imaginais que recebemos de presente de Andressa e Fernando e ora te presenteamos.

Giselle Camargo e Elson Faxina

LISTA 66

Tudo começou quando eu saí para comprar cigarros no meio da madrugada. Não é algo que eu faça sempre, mas o peso da solidão me empurrou para fora de casa.

Na fila do caixa da loja de conveniência tinha uma mulher cadeirante altamente atraente. Ela exalava independência. Sei que isso soa ridículo. Mas é que ela tinha uma confiança tão tangível, muito mais do que a maior parte das pessoas que conheço, incluindo eu. Tanto que tentei puxar assunto e ela me ignorou por completo. Pensei que pudesse ser surda também, mas ela respondeu numa boa o que o atendente lhe perguntou. Sim, sou preconceituoso. Branco e hétero também. Um ser muito pouco relevante para a sociedade atual. E eu concordo com isso. Ninguém gosta de homem branco. Nem homem branco gosta de homem branco. Não deveria pelo menos, gente mimada e limitada.

Então, entrou um nóia na loja de conveniência. Um rapaz, obviamente drogado, possivelmente por crack. Ah, e ele tinha uma arma na mão. O atendente se mijou na hora, formando um arroio que rapidamente escorreu até os meus pés. A estonteante cadeirante fez cara de tédio, mal reconheceu a existência do figura. Eu mostrei as palmas das mãos pra deixar claro que era da paz. O problema é que o cara tava muito transtornado e cismou que a mulher tinha que ficar em pé. Ela, sem qualquer sinal de comoção, explicou-lhe que tinha se tornado cadeirante quando levou um tiro e por isso não tinha mais medo de armas e nem da morte. A calma da estonteante mulher me deixava cada vez mais fascinado e o meliante mais nervoso. O teor de violência da situação culminou com o assaltante jogando a mulher no chão. Ela tentou se levantar, mas escorregou na poça de mijo. O craqueiro entendeu errado, pensou que era fingimento, que ela estava tentando enganá-lo, deu um chute nela e botou-lhe a arma no meio da cara. Aí brotou em mim uma ideia tola que, por sua vez, se tornou uma ação precipitada: tirei do bolso a chave do carro e falei pro nóia fugir com o meu Tiida. Era um carro *mezzo merda*, bastante usado, mas com algum conforto. A mira dele veio pra mim. A arma não me intimidou muito porque eu sabia que, apesar de prematura, a ideia era boa. Expliquei para o jovem desorientado que ele podia ir com o meu carro até uma boca e fazer a festa. Aí arrematei com um mimo final:

E toma aqui uma garoupa. Vai se divertir, garoto! Eu tenho seguro, tô garantido.

O rapaz ouviu o chamado da diversão e percebeu que o plano só podia dar certo. Evidentemente, a nota de cem ajudou a convencê-lo.

Quando dei por mim o cara já tinha ido embora com o meu ex-Tiida e a mulher me estendia as mãos para ajudá-la a se levantar. Finalmente, ela me olhava nos olhos. Agradeceu-me e avisou que não esperaria pela polícia porque estava exausta. Eu ofereci ajuda, mas ela me respondeu com um "tá parecendo que eu preciso de ajuda?". Eu devolvi com um "então me dá uma carona, por favor. O nóia levou o meu carro". Pela primeira vez ela sorriu.

No carro, eu tentei conversar sobre o que ela estava sentindo, mas ela desconversou rapidamente e me perguntou por que eu tinha chamado o cara de "nóia". "Porque ele tava noiado". Ela riu pela segunda vez.

Isso eu sei, mas essa palavra. Isso é gíria de quem conhece drogas. Você fuma? Cheira?

Cigarro e maconha.

Que bom. Não gosto de pó e nem de quem cheira.

Eu também não.

Nos olhamos com cumplicidade.

Fomos para a sua cobertura. Era um apartamento compacto e moderno, bom para uma pessoa ou um casal jovem. Ela morava sozinha e não tinha *pets*. O mais curioso é que no apartamento havia um aparelho engenhoso que a deixava chegar na borda da cobertura, no limite do precipício mesmo. Nós fomos até lá e nos sentamos o mais próximo do que era possível antes de cairmos. Ela posicionou suas pernas na beira do prédio, como se estivesse sentada em um banco de praça. Mesmo com certo receio, eu a acompanhei. Ela pegou uma bela caixinha de madeira e de dentro tirou uma flor de *cannabis* da mais alta qualidade. Fumamos e fomos invadidos pelo sabor da noite que tinha tudo para ser um desastre, mas não foi. Seu rosto ficava mais belo a cada segundo. Nossas bocas foram se atraindo aos poucos e nossos corpos já sabiam o que queriam. Com a cidade sob nossos pés, nos beijamos, transamos e gozamos deliciosamente.

****

Stella e eu sempre carregamos o sentimento de termos algo em comum que nos unia profundamente. O quase assalto na loja de conveniência, obviamente, é uma memória pujante que compartilhamos. Mas há algo a mais. E somente o transcorrer dos fatos e do tempo fez emergir nossas verdades mais obscuras. O gatilho que disparou a trágica, porém satisfatória, sequência de acontecimentos foi o fato de a seguradora se recusar a pagar pelo meu carro roubado. A partir das imagens da loja de conveniência a empresa de seguros alegou que eu havia entregado a chave do meu carro para o assaltante, que eu fiz aquilo por uma decisão consciente e pessoal. Stella era advogada e assumiu a batalha jurídica que se arrastou por meses. Eventualmente Stella teve que se afastar do processo, pois o tempo todo a acusavam de estar comprometida com o caso porque ela havia sido o motivo de eu entregar o carro para o Senhor Anderson, foi assim que passaram a chamar o nóia.

Por dias Stella e eu amargamos a derrota jurídica. Em uma noite qualquer, entre uma taça de vinho e um cigarro de ervas, ali na beira do precipício, começamos a falar sobre vingança. Fantasiamos planos mirabolantes de retaliação à empresa de seguros. Foi quando me ocorreu contar-lhe uma fantasia que tive durante anos. Eu passei a listar tudo o que era feito contra mim. Nem todas as situações configuravam-se como injustiças, várias delas eram apenas tolices. Por exemplo, na minha lista estava a vizinha que permitia que seu cachorro irritante urinasse na porta do meu apartamento. Também tinha o cara da minha rua que deixava o alarme do seu carro esporte soar o domingo inteiro. Eu fui juntando esse tipo de coisas com outras mais sérias que havia acontecido comigo, como o abuso sexual que sofri quando era criança. Aí eu jogava um par de dados, olhava o número correspondente na lista, decidia uma pena e a aplicava. Eram dois dados, e a partir do número máximo que podiam alcançar batizei o ritual de vingança de Lista 66. Notadamente, não levei a coisa tão a sério. Cheguei a mijar no tapete da vizinha do cachorro mal educado, arrebentar o vidro do carro esporte com uma pedra, colocar sal no café de um colega de trabalho desleal. Só que logo percebi que o meu sistema era obviamente falho, porque alguns números nunca sairiam com a jogada de dois dados: 1, 10, 20, por exemplo. Por isso o meu abusador nunca foi punido, ele era o número um da lista.

Quando terminei de contar esse devaneio juvenil, Stella teve um ataque de choro e riso. Demorei um pouco para entender a reação dela. Aos poucos ela foi se acalmando e me contando, entre um soluço e outro, que além de ter sido abusada, havia sido agredida pelo ex-marido. Não bastasse o perverso casamento, quando Stella finalmente pediu o divórcio, seu ex-marido tentou matá-la com um tiro. Foi assim que perdeu os movimentos das pernas. Foi assim, também, que Stella decidiu que não teria mais medo de nada nessa vida.

Começamos a planejar a vingança contra a companhia de seguros. Deliberamos que o correto seria atacar o perito e o advogado, responsáveis diretos pelo não pagamento da apólice de seguro. Depois de levantar a ficha de ambos, concluímos que eram sujeitos medíocres, que somente obedeciam ordens e seguiam a filosofia da corporação de fazer de tudo para não honrar as apólices. Passamos a mirar no presidente da empresa. Mas o homem era intocável, vivia sob segurança máxima. Stella sugeriu que deixássemos essa vingança para depois e que lidássemos de uma vez com nossos traumas primordiais.

Assim começou a caçada ao Hugo, o homem que me abusou sexualmente quando eu tinha 6 anos. Descobrimos que virou evangélico fervoroso, que tinha esposa e duas filhas, que propagava mensagens cristãs e defendia a "tradicional família brasileira" nas redes sociais. Foi fácil descobrir as senhas de seus perfis e e-mails. O cara era tão cretino que consumia pornografia infantil nas redes sem qualquer cuidado. Aí ficou fácil: fizemos uma denúncia para a polícia por diversos canais diferentes, fornecendo as senhas de acesso de seus bancos de imagens. Para amplificar o efeito da pena, enviamos as informações do caso para sites e jornais, dos mais ordinários aos mais sensacionalistas. Abrimos um espumante para celebrar a prisão e humilhação pública do escroto.

Então chegou a vez de Roger, o ex de Stella. Era um playboy considerado nas altas rodas da cidade. A sua visibilidade dificultava a nossa caçada e Stella não abriria mão de condená-lo à pena máxima. A única forma de criarmos uma situação propícia foi forjar uma reaproximação. Stella tirou de letra, começou com um "oi, sumido!" e duas semanas depois Roger estava entrando pela porta da frente da cobertura. O interessante é que ele realmente pensou que iria tirar uma casquinha de sua ex-mulher que ele estuprou e baleou. Stella o levou para a beira do prédio, seu lugar preferido, e no auge da sedução ela lhe disse:

Roger, você sabe que quase acabou com a minha vida, não sabe?

O cara ficou em silêncio, estarrecido. Não estava preparado para ouvir verdades, para lidar com a realidade. Nunca esteve, era membro da elite, intocável. Mas não naquela noite.

Roger, tudo bem. Já passou.

Tá? Mesmo?

Sim. Porque você quase acabou com a minha vida. Agora, eu, Stella, você sabe, não faço nada de qualquer jeito.

Stella tomou um demorado gole do vinho verde, seu preferido.

Tchau, Roger! Já vai tarde, seu filho da puta.

Tomamos o restante da garrafa, transamos e gozamos deliciosamente com o alvoroço da polícia sob os nossos pés.

FC

A MÃE

Não era nem uma hora da manhã quando sentiu alguém escalando a cama. Um dos gêmeos. O que dorme pior e, por isso, ainda vem para cama de madrugada. E ela tinha acabado de pegar no sono profundo. Mais uma noite mal dormida, somou. A noite seguiu como quase todas as outras nos últimos anos: sendo empurrada, chutada na cara, na beira do abismo, segurando-se para não cair. O sono não veio. Demorava para dormir depois de ter sido interrompida. Já os pensamentos brotavam aos montes. O que tem pra fazer amanhã? O que posso fazer pra melhorar? O que fiz de errado? Como posso tirar essa criança daqui? Ah, devia ter seguido aquela mulher que falava que era pra deixar nenê chorando no berço. Nessas alturas já tinha perdido o travesseiro. Se não fosse essa criança seria a outra, não há escapatória. Por vezes eram as duas. Pescoço pra cima e aquele torcicolo insuportável no outro dia, quase já tinha se acostumado de tanto que a dor era presente. Assim, ela viu o dia amanhecer, o sol clareando as bordas da cortina. Já tinha decorado por onde entravam os primeiros raios de luz. Sempre pensava em levantar às seis da manhã, mas o cansaço era tanto que tentava ficar o máximo na cama pra conseguir descansar mais um pouco. Nessas horas nem se mexia direito pra tentar não acordar a criança.

Ela cresceu numa família comum, sem grandes problemas, a não ser aqueles descaradamente escondidos que ninguém falava mas todo mundo sabia. Um pai que bebia, uma mãe que jogava cartas com as amigas fumantes. Uma graça a mais para desconstruir uma família tradicional, pois todas têm seus segredos. Viveu conscientemente para não ser igual à sua mãe. Dona de casa, três filhos, sem ensino superior ou ofício. Sustentada pelo marido, um tanto quanto machista. Coisas da época. A irmã mais velha já nasceu sossegada. "Uma princesinha" como gostam de intitular as meninas. O irmão do meio não deixou por menos e fez jus à fama do segundo filho que dá trabalho. Passando o tempo, ele acabou entrando na linha e se acomodou confortavelmente dentro dos limites impostos pela sociedade. A Mãe foi a terceira filha, "a largada", no bom sentido. Independente desde criança, negava os vestidos longos que sobraram da irmã. Foi moleca, usando as roupas esgarçadas e já gastas do irmão mais velho. Assim, cresceu.

Todo dia é a mesma coisa. A criança acorda cedo que acorda a outra criança que a obriga a levantar. Por sua própria natureza, uma delas é mal humorada e já acorda reclamando da vida. Mal sabe o que vai encontrar no mundo adulto, onde tudo é hostil e real. A Mãe vai fazer o leitinho quentinho de todas as manhãs. Não é fácil como parece ser. A Mãe sempre usa os mesmos 40 segundos do micro-ondas, mas a criança dia reclama que o leite está quente, dia reclama que está frio. Entre xixis, escovar os dentes, xixi do outro, o próprio xixi que se lembra de fazer, colocar a água para o café, escolher o canal preferido de um, buscar o brinquedo do outro, trocar o desenho porque não era aquele, limpar o leite derramado, procurar o brinquedo perdido para conter o choro que dispara aquela dor de cabeça, mais de uma hora se passou e a Mãe ainda está com a barriga vazia juntando forças para fazer as vontades dos filhos. Dependendo da paciência divina, nessas horas solta um berro que funciona por uns minutos, outros dias só dispara um choro qualquer. Uma bola de neve sem fim. Nem tinha sentado direito, mas a cafeína já corria nas suas veias. Hábito que adquiriu depois do nascimento dos gêmeos, era o que a ajudava a se manter em pé.

    Depois de curtir a vida, isso se é que há um limite para parar de curtir a vida, resolveu ser mãe. Sabe-se lá se pelos hormônios femininos que gritam quando está na hora de procriar ou pela frase imposta de que a mulher precisa ser mãe para dar sentido à vida. Enfim, foi mãe. Como a natureza nunca lhe deu nada fácil, vieram dois rebentos de uma vez só. Para muitos, um presente de Deus, um milagre divino ou apenas pura sorte. Talvez foi uma resposta, dizem as boas e as más línguas, por ter feito um aborto anos antes. Motivos à parte, na verdade ter dois filhos juntos, pode ser uma dádiva dos céus, mas não é fácil e nem prazeroso. Só pode ser carma, pensava ela, incrédula, sem saber carma do que.

    A menina é muito arisca. A Mãe já recorreu até às bolinhas de homeopatia e gotas de florais para tentar alegrar aquela criança e suprir sua insatisfação sem limites e sem explicação. O menino tinha seus rompantes, mas não sugava todas as energias da Mãe como aquela rebenta. Muito a Mãe fez para seguir melhorando e tentando ajudar a menina melhorar. A culpa é minha? Ah, como mãe tem culpas. Ora ela tentava se dedicar cem por cento à menina, ora tentava ignorar seus devaneios, mas os dias e o temperamento da criança seguiam iguais. Tudo era motivo de uma birra. Não tinha motivos. Era sem motivos. A menina sofria por dentro, a Mãe reconhecia, mas se tornara insuportável porque já não sabia como reagir.

Como quase tudo na vida, não se atrevia a generalizar as coisas, listava os prós e contras. Com os pés fincados no chão, sabia enumerá-los para quem quisesse ouvir. Poderiam chamá-la de insensível ou, apenas, de prática, metódica e racional, pois nada disso atrapalhava o amor e os cuidados que tinha com os filhos. Sim, a Mãe era uma mãe quase perfeita. Se é que isso existe. Não, mãe perfeita não existe, mas a Mãe tentava com afinco em ser a mãe mais perfeita que ela podia ser. Logo depois do nascimento deixou o trabalho para se dedicar aos filhos. Havia muito amor! Feminista desde que se conhecia por mulher, tinha virado uma dona de casa. Sem querer estava se tornando a sua própria mãe.

Depois do desenho escolhido, queria outro, do brinquedo mais pedido, não era aquele, depois do passeio mais requisitado, voltava sem satisfação e ingratidão que já era inata. Quando não tinha do que reclamar, a menina reclamava de algo acontecido há algum tempo, só pelo prazer de reclamar de alguma coisa ou para externalizar uma insatisfação momentânea. Quase nunca legítimo e reconhecível. A criança pragueja os desejos com uma petulância bem madura para a idade. Não tinha nada que a fizesse mudar o semblante e o tom de voz da filha. Chegava a ser cruel. A Mãe se dedicava, tentava fazer as vontades até do que não deveria, vezes por tentar satisfazer, vezes por ser vencida pelo cansaço. E assim, se esgotava mais e mais.

Aos poucos a Mãe foi perdendo seu brilho, já cansada por dentro. Os desvios que o destino prega, a levam por um caminho desconhecido. Não acreditava em destino. Com o decorrer dos anos ela foi se tornando refém. Tinha pouco tempo para si. Assim foi perdendo a vida, a chama da alegria que vinha de dentro quando jovem, a espontaneidade de ser quem se é. Perdendo seu próprio tempo, que esvai-se pelas mãos como grãos de areia. A Mãe se sentia torturada mentalmente, emocionalmente, psicologicamente e até fisicamente pelos filhos. Pois tem que responder na hora, fazer na hora sem ter tempo de sentar e descansar. Dormia mal quase todas as noites, o corpo treme de desgaste e descaso, as pernas se arrastam na obrigação de ser a Mãe. Uma boa mãe. Não conseguia ajeitar os pensamentos, ajeitar a si mesma. Pensou em por fim à própria vida, coisa que sempre recriminou. Até essa negativa veio pensando nos filhos. Não era justo. Assim foi levando até não poder mais.

Levantou um dia bem cedo, mais cedo que o de costume, ainda com a família dormindo, saiu caminhando e andando por muito tempo, pois precisava sentir o vento no rosto, um toque de liberdade. Não pensou em nada, não tinha planos, apenas desfrutou da sensação de ser só, apreciou o silêncio, o prazer de apenas caminhar. Foi andando sem rumo e sem nada na cabeça. Cada passo era um peso a menos deixado pra trás. No seu rosto um semblante aliviado, um leve sorriso foi surgindo no canto dos lábios. De repente, a rodoviária. Comprou uma passagem para um lugar longe e quente. Era só o que tinha em mente. Queria mesmo passar dias na estrada, olhar a paisagem, pensando na vida, como uma desconhecida. Inclusive com uma breve ideia que o ônibus poderia não chegar ao destino. Talvez por um pouco de culpa, queria também punir-se. E assim foi.

AP

O MATEIRO

A noite densa escorreu pelas colinas e inundou a mata com escuridão e trevas. A barba fervia no queixo. As unhas queriam coçar, mas não era hora. O braço de fogo apontado, a criatura indócil, paralisada. Clarão e morte. Tiro certeiro. O Mateiro juntou o bicho no ombro e se fundiu com a mata.

Da ponta da serra escapou a primeira luz. As bochechas ruborizavam ao ver o Mateiro emergir do sol. Joana era moça miúda, de feições delicadas. Sempre a esperar, o tempo, a noite e o seu homem regressar. Temia os índios. Não sabia o que pensavam. Com o Mateiro em casa, a vida tomava rumo, a angústia passava. No lombo do cavalo derretia a presa gorda e suculenta. Chegaram os dias de fartura.

O Mateiro afiou o facão e pelou o bicho. O couro do felino era belo, renderia bons produtos no povoado, ou um belo regalo para Joana. Afiou a faca outra vez e abriu a presa pela barriga. Sacou fora as tripas. Com as mãos cheias de sangue sorriu. Joana foi preparar o guisado.

O céu limpo anunciava a noite clara. O fogo ardia no chão, assando lentamente o bicho espraiado no espeto. O Mateiro degustava o chimarrão mirando a terra de horizontes distantes e sem cercas cortando as colinas. O sol foi descansar. Desfrutaram da refeição e se deitaram. O Mateiro não tinha modos para o sexo. Era bruto e apressado. Joana não o detestava. Chegava a ter uma vaga ideia do que seria o prazer compartilhado.

Antes que o sol pudesse se manifestar o Mateiro partiu novamente. Joana abriu a casa, limpou os cômodos, bateu os cobertores. Desceu ao rio. Gostava da água gelada nas canelas enquanto lavava roupa, causavam-lhe mais prazer que as atividades noturnas. Súbito ruído na mata. Espantou-se. Ficou encolhida, olhos atentos. Uma criatura movimentava a mata a pouca distância de onde estava. Guardou as roupas no cesto. Antes que pudesse fugir, a árvore cuspiu uma pequena criatura no rio. Paralisou-se, rendida. Do leito cristalino emergiu o indiozinho. O pequenino olhou para Joana e sorriu. Assustou-lhe por querer. Joana desmontou, o cesto rolou no chão esparramando os tecidos claros. A criaturinha espalhava água por todo lado, atiçando o ânimo da jovem mulher. Joana recuperou-se e foi juntando as roupas. O garotinho seguia indiferente com sua festa molhada. Então a moça passou a contemplar tamanha alegria e pôs-se a imaginar uma rotina diferente, com suas próprias criaturinhas ao seu redor. Do mato surgiu a índia madura, vigorosa, que catou o pequenino e sumiu sem nem olhar a fêmea branca. O instante mágico se desfez, o mundo voltou a ser silêncio e vento.

No fogão à lenha, ferveu a água do banho. Fechava os olhos e sorria com a memória do indiozinho tibungando no rio. Encheu-se de lágrimas. Agachada na bacia, lavou-se delicadamente. Uma gota divergente pingou na água. Vermelha, maciça. Outras seguiram. Chorou inconsolavelmente. Fechou a casa cedo e foi dormir encolhidinha.

No horizonte, o Mateiro. Tatu na garupa. Carne ruim. O Mateiro sabia, amaldiçoava a caça magra. Joana não ligava. Chimarrão e fogueira. Contra o pôr do sol surgiu a figura exótica. O Mateiro foi pela espingarda. Joana não sentiu medo. Distinguia bem aquela figura. Homem e cavalo. Ele jovial, roupas bufantes, chapéu da cidade. O animal de montaria elegante, diferente dos cavalos crioulos do campo. O moço veio gritando alegre, chamando o Mateiro pelo nome. A espingarda ficou no chão e o homem do mato correu para abraçar o recém-chegado. Abraço longo, forte, carregado de sentimentos e poeira do tempo. O Mateiro apresentou-lhe a Joana: era seu primo por parte de pai.

Na boca da noite tomaram chimarrão em torno do fogo. O Mateiro contou suas melhores histórias de caça e guerra. O Primo tocou acordeão. Joana quis dançar, mas entendeu não ser adequado. Tomaram o vinho trazido da cidade. O Mateiro ordenou que Joana fosse dormir. Ela obedeceu. Deitou-se com o corpo em chamas e esfregou-se até ficar exausta.

O sol já estava alto quando o Mateiro despertou. O vinho e a amizade lhe fizeram humano outra vez. Pisou descalço na grama, respirou fundo o ar gelado da serra. Avistou o Primo e Joana no topo da colina, debaixo do Ipê-Amarelo. Caminhou até eles. Beijou-a na testa e sentou-se ao seu lado. O Primo estava desenhando-a. Avisou que o retrataria também. O Mateiro achou graça. Preparou e acendeu um palheiro. Antes que o pito apagasse, levantou-se anunciando que precisava caçar para que tivessem o que comer nos próximos dias. Joana tentou detê-lo, disse que podiam comer verduras e raízes. O Mateiro riu e se foi.

A noite veio e o homem não. Ficaram Joana e o Primo conversando, rindo. Comeram um ensopado de cenoura, batata e cebola com pão rústico. Ele contou de suas viagens, da escola, dos livros, do mundo além do horizonte. Joana sabia do que falava, tinha nascido na cidade. Sua mãe foi para o campo quando o pai morreu. O avô vivia na beira do mato e ficou por lá até conhecer o marido. Apaixonou-se assim que o viu. Aquele homem bruto, destemido. Acabara de voltar da guerra, tinha a força da natureza em seu corpo volumoso e sólido. Não ponderou antes de partir com ele. A mãe desgostou, mas nunca disse nada. Joana pensava que era só saudade antecipada. O avô não fez caso, era como ele, corpo duro e alma seca.

O Primo não aguentava o peso dos olhos. Pegou o caminho do quarto dos fundos onde a pilha de pelegos e o poncho serviriam de cama e cobertor. Joana esgueirou-se para vê-lo se despir. Seu corpo era claro com pelos escuros. Era menos delicado do que havia imaginado. Esfregou-se mais uma vez. Sem perceber, ofegava tão alto quanto um bicho da noite. Para quem vinha do mundo moderno, o ruído soava como convite. E assim o foi. Os corpos curiosos se encontraram em chamas. O Primo não conhecia aquele tipo de fogo. Suas namoradas, até então, eram cheias de pudores e não se interessavam pelo grande prazer. Joana, mais do que saber, gostava, demandava aquilo. Foi como se o campo e a cidade precisassem se encontrar em forma de gente. Mesmo magro, o corpo do rapaz era desenhado e vigoroso, jungindo perfeitamente com as carnes fartas e arredondadas de Joana. A transação foi abundante em prazer. Esbanjaram tanto que espantaram os animais que dormiam em torno da casa. Era quase dia quando se desvencilharam e adormeceram sob o peso da culpa de se conhecerem mais do que poderiam.

Do sol veio o homem com a caça. Trazia toda a sorte de animais, seria um festival de carnes. Acendeu fogo alto. Afiou a faca, pelou os bichos, apontou as estacas e espetou as carcaças gordas. Contou a saga de sua aventura. O Primo abriu outro vinho e ouviu tudo de olhos atentos. Joana sorria discretamente, tinha receio de expor a persistente sensação de satisfação.

A criatura maior ficou para o jantar. Farta em gordura, envolta em fumaça saborosa, capaz de abrir o apetite a quilômetros de distância. O Mateiro ergueu-se com o facão em punho para destrinchar o banquete. No entanto, pouco acostumado à bebida, tropeçou e fez do jantar combustível para a fogueira. Praguejou como uma tempestade enquanto o Primo e Joana riam da trapalhada do homem do mato.

Em torno da mesa rústica, sorveram o que havia do ensopado de legumes. Embora o Mateiro estivesse com a testa tão enrugada como uma casca de árvore, os dois deixavam escapar gargalhadas contidas depois de monumentais tentativas de ficar em silêncio. O riso cessou com uma martelada de mão fechada na mesa. O Mateiro se levantou, urrou e recolheu-se.

O dia veio e o Primo se foi, deixando sobre a mesa uma correntinha de Nossa Senhora e um polvorinho de chifre bovino. Joana ficou com a corrente, o Mateiro ignorou o presente e seguiu tosco até o início da tarde. Resolveu voltar para o mato.

A rotina se restabeleceu parcialmente. O ciclo seguia como de costume, o Mateiro caçava e Joana tocava o casebre. No entanto, não era como antes. A falta de jeito do homem do mato não era mais suportável. Joana se esforçava para voltar ao que fora, mas não conseguia enganar seus impulsos. Foi quando, depois de semanas, percebeu que o seu próprio ciclo havia mudado. Aquilo a pôs feliz. Acreditava no renascimento daquela forma de existência, um novo horizonte para uma vida tão limitada. Contou ao Mateiro.

Na madrugada ele a acordou entranhando as mãos grosseiras em seus cabelos, arrastando-a para fora da casa. Jogou-a na garupa do cavalo e partiram trevas adentro. No caminho, o Mateiro parou e ergueu uma fogueira com labaredas do tamanho de uma árvore antiga. Seu rosto, oco de alma, iluminado pelas chamas, já não era mais humano. A cavalgada seguiu pela noite aguda.

Sob as primeiras luzes, os cascos contra as pedras ecoaram pelas ruas desertas da cidade. O Mateiro bateu à porta de uma casa bela e simples. O Primo abriu a porta. Antes que pudesse razoar, o Mateiro disparou. Clarão e morte. O corpo jovial esparramou-se pelo chão de madeira. O Mateiro puxou o polvorinho, abriu e despejou uma cascata de cinzas que se encerrou com a correntinha de Nossa Senhora caindo sobre o peito aberto do Primo.

O Mateiro cavalgou até o casebre, fez dele mais uma fogueira monstruosa e adentrou o mato para nunca mais.

FC

SARAH SHEILA E O LADRÃO DE ALMAS

Vadia!

Um tapa atravessa a minha cara, estralando o meu maxilar, me deixando com um zumbido no ouvido. Fico enxergando tudo estranho. Respiro fundo pra recobrar o equilíbrio. Olho bem a cara do idiota e encaixo uma joelhada no saco que faz ele descolar do chão para depois se esparramar como uma baldada de água.

Mais alguém? - pergunto.

Os vagabundos, que até então me comiam com os olhos, entenderam que era melhor se fazer de cego do que ficar secando o meu decote. Já me falaram muitas vezes que é inadequado uma investigadora se vestir assim, mas eu nasci com esse corpo e vocês que se fodam. Fora que, num muquifo como esses, a aparência vulgar só ajuda a me misturar.

Às vezes dá errado, é claro. Nesse caso, o babaca, que agora chorava no chão como uma criança, me tirou pra vagabunda e já veio metendo a mão. Quando eu o afastei, educadamente, pra não causar confusão, o boneco se sentiu rejeitado e partiu pra ignorância mais rápido do que eu previ. Isso me deixou irritada, eu vacilar daquele jeito. Na verdade, ainda estava com muita raiva.

Eu segui meu caminho até o bar pela avenida que se abriu diante de mim. Empinei bem o peito e a bunda, na esperança de que mais algum imbecil me desse motivo pra confusão. E funcionou! Um engraçadinho olhou a minha bunda e fez um comentário tolo. Encaixei uma cotovelada giratória que fez o queixo do malandro deslocar uns cinco centímetros. O lugar ficou em silêncio, ressaltando a música vagabunda que tocava de fundo. As garotas ensaiaram uma salva de palmas, mas o cara do bar as desencorajou. Eu cheguei junto. Ele era largo, preto e tinha quase dois metros de altura. Muito simpático na intimidade, mas muito rude quando trabalhava no balcão.

E aí, Paulinho, o Sílvio tá aí?

O Sílvio não veio hoje. E não me chama de Paulinho aqui! – implorou em sussurros.

E quem é que tá lá dentro, então?

Não tem ninguém lá dentro.

E aquela menina ali?

O Paulinho virou pra conferir. Eu passei por trás dele e quando ele olhou de volta eu já estava girando o trinco da porta. Ele esboçou reação, mas eu o desanimei só com o olhar. No reino das caras feias, quem for mais brabo é quem ganha.

A porta pequena dava para um corredor apertado e revestido de carpete. Quem ainda usa parede revestida de carpete? Cafetão brega do inferno! Não demorou pra minha rinite atacar. Isso me deixou muito irritada outra vez.

Destravei minha arma e invadi a sala do Sílvio com tudo. Paredes avermelhadas, móveis gastos e uma luz baixa faziam do cômodo o lugar mais cafona do bar inteiro. O Sílvio nem tremeu quando me viu. Isso me incomodou porque se ele tivesse sujo ou soubesse de alguma coisa, teria secado a calva onde cinco fios de cabelo conferiam alguma graça à sua cabeça asquerosa. O vagabundo tava limpo dessa vez.

Disse "oi" pro Claudinho, o polaco enorme que trabalhava como cão de guarda do cafetão. Ele foi namorado do Paulinho do bar, mas andaram brigando e se separaram. "Não me chama de Claudinho", disse, constrangido. Ainda acho que eles têm tudo a ver.

E aí Sílvio, qual é a boa?

Por aqui tudo igual, Sargenta!

A rinite só piorava naquela sala. Fiquei em silêncio, me aproximei e dei um golpe com a ponta dos dedos na garganta do polaco que caiu ajoelhado fazendo o chão tremer. Sílvio tentou alcançar um revólver debaixo da mesa, mas eu cheguei antes e dei com a minha arma no nariz dele. Não é porque o vagabundo tá limpo que eu vou aguentar ele me chamando de Sargenta. Resolvi ir direto ao assunto:

Ela tem 21 anos, de Apucarana, linda, universitária, Roberta é o nome. Bem o tipo de menina interiorana que você gosta de enganar e botar pra currar nos seus privês asquerosos.

Sarah, eu tô mal de menina nova, é sério. Tá todo mundo reclamando.

Todo mundo quem? Reclamando do quê, seu cafetão brega de merda!?

As meninas que vêm do interior estão com medo da sombra e até de mim, imagina?! Tão espalhando o boato de um cara que seduz e mata as moças que não têm família na cidade.

Ah não, essa história de novo!

É sério, chamam ele de Ladrão de Almas!

Sinto muita vontade de bater nele de novo, mas consigo me conter pra ouvir o resto da história.

E aí? E depois?

Ele envolve as moças num jogo de sedução sinistro, coisa de profissional mesmo, e elas acabam se entregando por inteiro. Aí, quando elas menos esperam, ele as sufoca enquanto dormem. Elas ficam tão vulneráveis que é como se ele levasse a alma delas, entende?

Eu não acredito nem em Deus, vou acreditar em ladrão de alma, Sílvio!? Porra!

O Silvio desvia o olhar denunciando uma movimentação suspeita atrás de mim. Giro soltando um direto, conectando bem no queixo do polaco que preparava um bote pra me pegar. Pelo menos parecia que ele ia me atacar. Nunca vou saber. Aproveito o sobressalto pra pressionar ainda mais:

Sílvio, me ajuda a te ajudar, me dá um nome, um endereço, alguma coisa real, porra!

Sei lá Sarah, é o que dizem por aí, um cara bonito, inteligente, sedutor... sei lá, perfeito mesmo, sabe?

E isso vai me ajudar como Sílvio?

Na verdade, eu nem queria ouvir a resposta. Isso de ter que correr atrás de uma lenda urbana estava me tirando do sério. O polaco ainda rolava no chão quando pisei no saco dele a caminho da saída. Chega por hoje!

*****

Porra!

Entro em casa e me deparo com um sujeito na minha sala. É o Sérgio, meu novo namorado.

Como você entrou aqui?! Tá louco!

Você acha que só você é do mundo do crime? – diz ele com um sorriso tão charmoso que me faz derreter. Como ele consegue? Mas não facilito.

Você acharia legal tomar um tiro porque entrou na minha casa sem me avisar? - fingindo que ainda estou puta com ele.

Desculpa Sarah. Eu queria fazer uma surpresa pra você e levei a chave dos fundos hoje de manhã, diz ele fazendo uma cara de cachorrinho assustado.

Sei. Perdi.

Venha aqui, diz ele me puxando pela mão.

Na cozinha encontro a mesa posta com uma louça linda que eu nem lembrava que tinha em casa. Ele me serve um risoto sei lá do quê, mas que é a melhor coisa que já comi na vida. Ainda tinha uma carne de um animal exótico de sabor esplêndido e um vinho delicioso pra completar a explosão de sabores. Não sei de onde ele tira essas coisas. Depois do jantar maravilhoso eu sou novamente surpreendida por uma massagem mais do que relaxante. Estimulante, na verdade. Tanto que a gente ainda transou bem gostoso. Ele sabe me comer bem direitinho, é impressionante! No final da noite só me restou suspirar bem fundo e adormecer como uma criança.

Meus olhos pesavam e eu quase já cruzava a fronteira entre a consciência e o sono dos deuses quando um incômodo pensamento me ocorreu:

Mas, peraí, eu não tenho a chave dos fundos desse apartamento, nunca tive.

FC

MERETRIZ

É noite. A cidade está vazia. A rua silenciosa é iluminada pelas luzes dos postes. Júlia dirige seu carro por uma rua comprida e sem movimento. Em uma esquina, ela diminui a velocidade, olha atentamente e reconhece o carro do marido. O valet deixa o carro em frente a um bordel de luxo. O lugar chama atenção pelas luzes vermelhas que tilintam na escuridão. Logo aparece um homem acompanhado por uma jovem e bonita mulher. Ela aparenta estar um pouco embriagada e engancha seu braço no acompanhante para caminhar. Sorri jogando sua cabeça para trás num charme juvenil, o que faz Júlia ver o rosto do marido que ainda estava escondido pela moça. Puxa seu micro vestido para baixo, que insiste em subir ao ritmo de suas passadas, a traindo e deixando seus seios mais voluptuosos. Júlia surpreende-se ao assistir a cena que para ela parece acontecer em câmera lenta. Sem reação e desnorteada, fica atenta aos dois, decorando cada movimento realizado. Sai de si em alguns segundos de apagão. É despertada por uma buzina que soa do carro detrás, quando percebe já partiram com o carro perdendo-os de vista.

Outra noite e Júlia segue pela mesma rua. Desta vez para o carro e entrega a chave para o valet. Jovem, bonita e bem arrumada, Júlia entra na boate chamando atenção dos homens ao redor com sua elegância que a difere das meninas que circulam pelo ambiente, ela intimida a cada passo confiante, não deixando nenhum macho ousado se aproximar. Os olhares a seguem e ela anda como que envolvida numa bolha de proteção. Entre homens bêbados, velhos babões e mulheres desfilando como moscas no açúcar, ela senta no banco alto em frente ao balcão do bar e pede uma bebida. Olhando cada homem e mulher do ambiente, bebe num só gole para aliviar a boca seca de ansiedade. A próxima dose já a deixa um pouco desanuviada, porém mais corajosa. Entre olhares, reconhece a moça que estava com seu marido na noite anterior. Dá o último gole, respira fundo e anda ao encontro dela. Sussurra em seu ouvido.

Eu quero falar com você.
Eu não saio com mulher, só atendo homens ou casais.
Eu só quero conversar. Eu pago.
Paga uma bebida antes.
O que você quer beber?
O que você tava bebendo, pra nós duas.

Júlia pede duas doses e elas esperam em silêncio. A música brega do lugar confere ao ambiente uma atmosfera cafona. Elas bebem sem trocar uma palavra sequer. Enquanto a menina bebe com um olhar perdido, Júlia fica hipnotizada por ela e repara em todos seus movimentos vagarosos e sedutores. Ela mexe no cabelo, mistura o líquido com o indicador, lambe o dedo e dá um gole na bebida deixando o copo somente com os restos do gelo. Sorri, entrelaça seus braços com os de Júlia e as duas caminham para a porta de saída. Já no carro, a garota olha atentamente para Júlia, quando ela resolve quebrar o silêncio.

Como você se chama?
Soraia. - Responde prontamente.
Seu nome de verdade.
Por quê?

Porque eu quero saber. - Diz Júlia com firmeza.
Clara.
Quantos anos você tem?
Você acreditou no meu nome? - Pergunta a menina.
Júlia não diz nada.
22. E você?
Júlia não responde novamente.
Você é bonita! Cheirosa! O que você quer?
Você disse que não saía com mulheres?
Mas acho que abri uma exceção hoje.
Eu só quero conversar com você, como te falei.
Eu não acredito.

Júlia para o carro em frente a um pequeno bar com mesas e cadeiras dispostas na calçada. Pega um casaco no banco de trás e joga para Clara se cobrir de suas pequenas vestes chamativas. Pergunta se Clara toma cerveja. Ela diz que bebe tudo que tenha álcool. O garçom traz a cerveja, dois copos e começa a servi-las. Júlia faz sinal para ele parar e termina de servir os copos.

Você sai com quantos homens por noite?
Depende da noite.
Ontem.
Alguns. Qual você quer saber?
O mais bonito.
Cada um tem sua beleza, se não eu não conseguiria fazer isso.
Meu marido.
Clara sorri e pergunta como ele é.
Ele se chama Pedro. Eles falam o nome?

Sempre. Lembro dele. Foi o primeiro da noite. Ele aparece por lá de vez em quando.

Com quem?

Sozinho. Ele bebe e nunca fala com ninguém. As meninas sempre apostam quem vai conseguir levar, mas ele não dá bola pra nenhuma. Na verdade, pouco olha em volta.

E ontem?

Ontem ele bebeu mais do que o normal. Daí eu consegui sair de lá com ele. Não foi difícil.

Foram pra onde?

Clara não responde, sorri e bebe. Depois de uma pausa ela diz que ele não conseguiu ir até o fim. Se desculpou e pediu pra ela ir embora. Pagou a noite e mais um troco para o táxi. Balbuciou alguma coisa que era um erro e foi quando ela saiu do quarto. Clara complementou falando que achava que ele não era disso mesmo. A conversa que partiu da indiferença já estava mais para cumplicidade. No entanto, Júlia só acreditara no começo da história, pois já havia conquistado a simpatia da garota e achava que ela podia estar querendo amenizar um pouco a situação, tanto a que vivera quanto a que Júlia a estava fazendo passar.

Final de tarde, Júlia passa em frente à boate. Está fechada. No tempo do sinal, vê uma moça entrar e fechar a porta. Ela é simples e carrega uma mochila, o que Júlia imagina ser suas vestes noturnas. Sua filha está no banco de trás do carro com um uniforme de escola e coincidentemente pergunta pelo pai. Júlia supõe que está chegando em casa para o café da tarde ou talvez partindo para um happy hour. "Não sei, filha."

Já é noite e Júlia volta à boate. Sempre bem arrumada e maquiada. Chama atenção com suas curvas melhores do que muitas meninas da noite que circulam por ali. Intimida homens e mulheres com seu ar misterioso. Já um tanto quanto familiarizada, chega no balcão e pede uma dose de uísque. Observa uma sala privada no canto. A cortina está entreaberta e ela vê Clara dançando para um homem. Num gole, eles somem. Júlia vai até lá e não encontra mais ninguém.

Logo uma menina encosta em seu braço e pede licença para entrar, seguida por um senhor grisalho gordo, vestido de terno com uma gravata afrouxada e que não perde a oportunidade de ficar olhando para ela enquanto é puxado pela garota. Desconcertada, dá as costas e sai andando quando um homem mexe com ela com um barulho de boca nojento. Ela não tem reação e continua reto. Júlia bebe mais uma dose e Clara finalmente aparece. Ela pede outra dose para a garota. O garçom traz na mesma hora.

Como você faz isso? - Pergunta Júlia.

Isso o quê?

Tudo. Como você dança?

Qual seu nome?

Júlia. Você me ensina?

Amanhã à tarde a gente conversa. Agora tenho cliente.

Sem questionar ou se surpreender, Clara pega o celular de Júlia e anota seu telefone.

Júlia dirige numa rua de um bairro simples. Uma casa ao lado da outra. A maioria de madeira com cores diferentes. Crianças jogam bola na rua e mais à frente alguns jovens conversam sentados no meio-fio. Procura pelo número. Estaciona em frente a uma casa amarela com janelas brancas. Uma senhora está no portão.

- É a casa da Clara?

A senhora confirma e pede para Júlia entrar.

- Ela tá ajeitando a Ingrid pra escolinha, conta enquanto caminham para a casa dos fundos, um bocado mais simples.

Júlia entra com a senhora e senta no sofá. A casa é pequena, mas ajeitadinha e limpa. Tem cheiro de alvejante e muitos bibelôs espalhados na estante junto à TV. Da sala dá para ver o único quarto da casa. A porta está aberta e Júlia vê Clara vestindo a filha pequena com o casaco do uniforme escolar por cima de um colã e uma saia de tule cor de rosa. Clara enxerga Júlia e diz, num tom íntimo, para esperar um pouco que ela já vai. Júlia concorda com a cabeça e observa um pouco mais a casa, que tem a cozinha ao lado e mais uma porta que deve ser o banheiro. É surpreendida pela criança que aparece sozinha.

Oi!

Oi, boneca! Tudo bem com você? Vai pra escolinha agora? - Pergunta Júlia com um tom cuidadoso, mas à vontade por ter jeito com crianças.

Hoje eu tenho balé. - diz a menina vestida de bailarina.

Eu fazia balé na sua idade também.

Clara aparece e se desculpa pela demora dizendo que a manhã foi corrida. E logo pede para sua mãe levar a menina até a escola. Se despede da filha e a orienta a comer tudo na hora do lanche. Ingrid também dá um abraço em Júlia e diz que ela é muito bonita. A avó pega a criança pela mão e as duas saem pela única porta da casinha. Júlia vai direto ao assunto.

- Você me ensina?

As duas em frente a um espelho. Uma de frente para outra. Clara pega nos quadris de Júlia e a faz rebolar. A impulsiona com suas mãos e pede para ela descontrair e se soltar mais. Clara demonstra como fazer e Júlia a admira por um instante. Dança com uma naturalidade parecendo ser possível para qualquer uma. Júlia repete atenciosamente os passos de Clara. A menina liga um pequeno som que tem em cima da penteadeira e pede para Júlia fechar os olhos e sentir a música pelo seu corpo. Sem vergonha e sem pudores. Ela ainda precisa descobrir como mexer cada parte de seu corpo. Ainda não é hora de ser sexy. A tarde passa como numa coreografia. Entre empatia e perda de fôlego, o sol se põe ao mesmo tempo que nasce a amizade inusitada.

Numa cabine privada, Júlia dança para um homem que, bonito e bem vestido, dá um incentivo à sua primeira performance. Diferente do habitual, ele foi escolhido por ela, ou simplesmente aceito. Dança como se tivesse nascido dançando. Na roupa preta e vermelha, ela se sente mais poderosa do que nunca. A meia arrastão e os sapatos de salto exaltam o seu corpo bem formado. O corpete vermelho marca sua cintura e a pequena saia de tule preta deixa suas nádegas à mostra dependendo do movimento que executa. Dança como uma profissional.

Ela é levada pela música como se cada nota e acorde fosse composto especialmente para ela. Aquele momento é tão sublime quanto subversivo. Ela se realiza, o que transparece em sua sensualidade exótica e deixa o homem paralisado. Suas coxas mexem com uma leveza ao mesmo tempo que seu quadril balança e determina o passo. Ao fim da música o homem levanta extasiado. Pois nenhuma prostituta daquela bodega tinha sua classe. Ela é tão diferente e autêntica que ele quase hesita em tocá-la.

- Como é seu nome? - Pergunta segurando-a firmemente pela cintura. Ela percebe que ele é casado pela aliança em sua mão esquerda. Mas se excita ao sentir seu hálito quente perto de nuca.

- Ana. E não pode me tocar. - Repreende o homem num sentimento estranho de culpa e tesão.

Nunca tinha estado com outro homem que não fosse seu marido. Ninguém havia tocado seu corpo após o matrimônio e ela nunca tinha sentido esse desejo por alguém. De papel de sedutora ela foi seduzida. O que parecia contraditório na ocasião. Mas era um desejo por ela mesma. Ela dançou para ela e por ela. Estava seduzida por si mesma. Num espasmo de lucidez decide então deixar a cabine.

- Quanto custa pra passar a noite comigo? - insiste ele, fascinado.

- Eu só danço. – responde, imaginando qual seria seu valor.

Noutra noite ela decide voltar à boate. Já havia passado algum tempo. Clara acha estranho essa atitude, pois o combinado seria ela experimentar o que Clara fazia apenas uma única vez, sem sexo e sem dinheiro. Nem Júlia entende o que a fez voltar. Talvez fosse uma sensação que queria sentir novamente. Júlia vai se arrumar no camarim de Clara, enquanto ela bebe no bar à espera de um cliente. Senta um homem ao seu lado. Ela gosta do perfume e quando vai observá-lo jogando seu charme reconhece o marido de Júlia. Por um momento não sabe o que fazer. Júlia ainda não apareceu no salão, Clara bebe duas doses, sem que ele perceba a sua presença. Clara já estava pensando que a amiga havia desistido quando, finalmente, Júlia entra na arena. Linda e estonteante, exalando tudo o que Deus lhe deu. Clara vai até ela e a empurra para a sala privada. Fecha a cortina com as duas dentro. Júlia não entende.

Tem um cliente especial hoje pra você!

Clara sai sem dizer mais nada, mas não antes de fazer Júlia prometer que esperaria ali. Dessa vez, Júlia se sente apreensiva sem saber o porquê. Respira fundo e fica olhando a parede pintada de vermelho já gasta pelo tempo. Pensa em espiar por entre as cortinas mas decide que essa seria sua última e mais perfeita dança naquele lugar grotesco que a prendia por algum motivo desconhecido. Voltava a respirar fundo de novo olhando para as lascas da parede.

No balcão, Clara tenta puxar assunto e ele a ignora. Apenas dá goles em seu uísque e a olha rapidamente com indiferença. Ela diz que tem uma mulher nova na casa. Ele não se interessa e nem reconhece a menina que uma noite saíra com ele. Se conteve em dizer que só estava ali para beber. Clara pensou em questioná-lo então o porquê do local. Todas as perguntas que imaginara que Júlia deveria ter feito ao marido passaram por sua cabeça de uma só vez, sem imaginar uma resposta sequer. Porém achou de bom tom não se intrometer e prosseguir com sua inquietude juvenil e continuar a provocação com argumentos infalíveis. Ela não ia deixá-lo em paz até conseguir o que queria. Já não era mais nem por eles, e sim por ela, como já fora numa noite qualquer do passado. Insiste até deixá-lo desconfortável. Ele atende ao pedido para se livrar daquela garota irritantemente insistente.

Quando entra na sala, vê uma mulher imóvel de costas. Sem repreensão, ele admira seu corpo. Senta-se na poltrona de veludo azul. Clara liga a música e fecha a cortina que fica atrás do sofá. Júlia começa a dançar lentamente. Leva seu quadril para a direita e para a esquerda em movimentos lentos e repetitivos. Um a um, seus braços se esticam para o alto com leveza e descem tocando as laterais de seu corpo. Quando empina para um dos lados a pequena saia de tule preta se levanta e aparece a polpa de sua bunda arredondada. Rebolando abaixa seu tronco mostrando um pouco mais. Ela quase o mira por entre as pernas, mas a escuridão do lugar, iluminado apenas por um feixe de luz vindo de um abajur no chão, não permite a nitidez. Desce e levanta rapidamente ao som da música. Nesse momento ela vira o rosto e se volta para ele. Eles se encaram definitivamente. Meio segundo de paralisia abate os dois. A música toca sozinha. Ela perde os sentidos e seu corpo fica estático. Uma adrenalina ainda maior corre em suas veias o que faz ela sentir um arrepio interior. Seu coração palpita rapidamente e pulsa em harmonia com as notas musicais. A boca seca e o frio no estômago lhe trazem boas lembranças de quando se encontraram pela primeira vez. Ele pede para ela dançar pra ele. A balada da música a ajuda a continuar. Agora com o aval do parceiro, num suspiro recomeça a mexer seu corpo. Seus movimentos o seduzem como se fosse a única mulher no mundo para ele. Dança sem deixar ele tocá-la. Com o olhar penetrante se aproxima e se afasta até a música acabar. Os dois vão embora cúmplices um do outro.

AP

CICATRIZ

Terça-feira, quatro horas da tarde, Marcelo atravessa três pistas fatiando o trânsito. Freiam, buzinam, deslizam no asfalto molhado. A chuva castiga. Ele segue se esgueirando enquanto termina a ligação:

Isso... última reunião.... sim... mercado... pão, leite... Tchau amor!

Marcelo enfia o carro na calçada forçando espaço entre os pedestres. Larga a chave com o manobrista e sai do estacionamento com a pasta debaixo do braço. Enfrenta a hostilidade da natureza e dos homens, agora como pedestre.

Quando entra na galeria sua roupa pesada e pintada de chuva profetiza o inferno que está lá fora. As pessoas lhe dão passagem enquanto esperam a tempestade se acalmar. Marcelo estufa o peito, mas relaxa a postura quando chega ao elevador. Sua frio, sente dor de barriga. Olha uma mensagem no celular "Pinky, ap 2112". A multidão se aglomera esperando o ascensor.

A sineta toca, Marcelo recua, as pessoas reclamam, empurram. Ele entra e vai para o fundo escuro do caixote de madeira. As pessoas marcam seus andares, ele não. A viagem demora, prédio alto, elevador antigo. Resta apenas uma senhora, então ele aperta o 21. Ela mede o rapaz de cima a baixo. 21! O rapaz salta do elevador mas não escapa do desprezo da senhorinha castigando sua alma.

O corredor é fundo e escuro. Marcelo caminha até a metade, dá a volta. O elevador passou, já está no décimo.

Respira fundo e segue guiado por uma pequena janela na outra extremidade. Porta 12. Marcelo bate. Uma voz irritante responde: "já vai!".

Abre a porta uma garota de beleza singela. Os seios enormes fazem a camiseta flutuar em torno da cintura fina.

Pinky?

Marcelo, né? Entra, anjo!

Pouco convencido, obedece. O apartamento é pequeno e escuro. Marcelo segue a luz fraca que vem do quarto. Um abajur fajuto, daqueles que acendem e apagam com o toque. Da fresta do blackout escapa uma lâmina de luz que corta a cama ao meio.

Relaxa, gato!

Diz a garota sentando-se na cama. Ela tira o chiclete da boca e começa a afrouxar o cinto do rapaz. Marcelo recua, diz "calma", e ela repete "relaxa, gato", puxando-o para perto. O rapaz se livra dela e se afasta. Ela fica sem ação. Marcelo tira o paletó bege molhado e coloca numa cadeira no canto mais escuro do quarto. Toma fôlego e se aproxima novamente.

Calma, gato, vou te chupar bem gostoso!

Ele se irrita novamente e tenta se afastar. A moça segura firme no cinto e força a roupa para baixo. A calça cai até os tornozelos, confessando uma haste de metal reluzente que se funde com a coxa direita em uma massa de carnes e cicatrizes.

A moça recua enquanto ele pula para trás subindo as calças de uma vez só.

Fica tranquilo, gato, relaxa, tá tudo bem.

Olha, eu não tô nem um pouco relaxado!

Não precisa ficar assim, eu não fiz por mal.
Eu pago, não se preocupe.
Não precisa, pode ir.
Marcelo abre a carteira e conta as notas.
Eu não quero.
Ele joga o dinheiro na cama.
Seu babaca, eu já disse que não...
Um barulho estrondoso interrompe a cena. A luz do abajur oscila e depois apaga. A escuridão toma conta do quarto, restando apenas a fina camada de luz vinda da cortina.
Merda. Em que andar a gente tá mesmo? - pergunta com ar de praticidade.
No 21, mas não tem como descer de escada agora.
Eu dou um jeito!
Marcelo se agita mas não sai do lugar.
Senta, espera um pouco, a luz já volta.
Com a gravata enforcada na mão, aceita o convite.
Que merda!
Relaxa.
Para de falar isso!
Cara, você é chato pra caralho, hein! Que hora pra acabar a luz!
Marcelo se levanta, mas tropeça.
Sossega.
Ele senta na cama.
Deita.
Ele hesita, mas obedece. A luz da janela atinge os olhos, ele os fecha. Pinky se aproxima e faz carinho em seu cabelo. "Para!". A moça encosta na parede, acende um cigarro.

Como aconteceu?
O quê?
A sua perna.
Acidente de moto.
Eu perdi um primo andando de moto.
Silêncio.
Faz tempo? - segue a moça.
Dois anos.
Já andou de moto de novo?
Já, várias vezes.
Não tem medo?
Tenho.
E por que continua?
Porque dá medo.
Ela pensa um instante.
Pra mim medo é medo, dor é dor.
Ele não responde.
Por que veio aqui?
Pergunta em vão.
Você é casado, né?
Sou.
Ela deve ser bonita.
É, bastante.
Então, ou ela é fresca ou você é muito tarado!
Os dois.
Sabia! Quantas vezes vocês transam por semana? - pergunta a garota entusiasmada com as migalhas de conversa.
Pouco.
Pouco quanto? Por mês, quantas vezes? Duas, três?

Marcelo não responde.

Fala! Não precisa ter vergonha, vai, fala...

Nunca mais depois do acidente.

Pinky se cala. Depois traga o cigarro mais uma vez. A nuvem de fumaça flutua pelo quarto quando ela surge do escuro se encaixando sobre Marcelo. Ele tenta afastá-la mas não consegue. Ela tira a camiseta descobrindo os fartos seios artificiais, revelando uma extensa e larga cicatriz que corta o seio direito ao meio, do mamilo até a base, desembocando em uma trama de tecidos deformados que cobrem toda a sua barriga.

Como se fosse óbvio desde o início, Marcelo a agarra desmedidamente, mordendo seus seios e lambendo a carne disforme. Os corpos se fundem furiosamente. Pinky fica de quatro, Marcelo hesita. Ela pede. Marcelo se equilibra na perna metálica, conecta-se novamente e o casal retoma a intensidade. No momento final, o orgasmo é quase dor.

O pequeno abajur reacende. Pinky fuma um cigarro, Marcelo descansa. Então se levanta, deixa o dinheiro sob o abajur, beija-a suavemente e vai embora.

O celular toca, a garota recusa a chamada sem olhar o número. Acende mais um cigarro e vai até a janela ver a cidade cinza e úmida anoitecer.

Marcelo sai da galeria e encontra a rua escura, iluminada pelos faróis dos carros acumulados nas avenidas. A chuva se foi, ficou só cheiro agridoce do asfalto. Marcelo levita pelas calçadas brilhantes até perceber que esqueceu sua pasta no apartamento.

FC

PESADO

O carro deslizava pela avenida deserta enquanto Mara, com a testa encostada no vidro, contava os postes de luz. Tentava aquecer as mãos fofinhas no meio das coxas fartas. O silêncio se fazia ouvir mais alto do que o rádio mal sintonizado. Alguns acordes captaram sua atenção, "eu gosto dessa música", disse aumentando o volume. "Ah, Coldplay", disse o rapaz com desdém. Mara se encolheu. "Bem música de quem não entende nada de música", arrematou o desagradável perito. O carro parou. A moça procurou os olhos dele, mas só achou sua bochecha magra. "Não quer subir?", arriscou. "Obrigado, não vai dar", respondeu sem muito cuidado. Mara sorriu, apertando os ombros sobre o rosto redondo. Saiu do carro apressada. O carro partiu antes que chegasse ao portão do prédio.

No apartamento, procurou pelo gato, Oswaldo. Como de costume, não achou o bichano. Foi até o quarto, tirou a última gaveta da cômoda e pegou a carteira de cigarro que escondia de si mesma. Ligou o computador e entrou no bate papo. Tarados de sobra, nada de novo. O cigarro entregava sua última carga, hora de desistir. Um tal de "Rogério $$" pediu sua atenção, "Oi, moça!". Não gostava de ser chamada de gata, gatinha, gostosa, safada, mas gostava de moça. Os cifrões também instigaram sua mente. "Será que é só pagar e pronto?". Respondeu educadamente com um "Olá, Rogério". Percebeu que não gostava do nome e logo pensou que poderia chamá-lo do que quisesse se o estivesse pagando.

"Tá sozinha? Quer um pouco de carinho?", perguntou o profissional. O corpo todo tremeu, juntou as coxas e um sorriso emergiu de seu rosto. "Quero sim! Quanto é?", escreveu sem pensar. "Olha moça, pra você eu faço R$ 150,00. Sou bem dedicado e cuidadoso", respondeu rapidamente. Não conseguia escrever mais. Levantou-se, olhou em volta, parou em frente ao espelho. Quis desistir. Voltou e digitou: "Venha!", o telefone e o endereço em seguida. Não acreditava no que havia feito, tremia toda. Escreveu "não, melhor não. Fica pra outro dia! Desculpa, viu?!", mas o "Rogério $$" nem estava mais lá.

Vinte minutos de incerteza e ansiedade. Lavou as partes íntimas, secou embaixo dos peitos, perfumou o colo e as virilhas. Elegeu a lingerie que julgava ser a menos constrangedora. Acendeu todos os abajures da casa e apagou as luzes do teto. Pegou mais um cigarro, deu uma volta na casa com ele na mão e o deixou intacto em cima da mesa, "esse é pra depois".

Toca o interfone e seu corpo começa a salivar. Atende, mal ouve a voz do outro lado e pede para subir. Suas mãos cheinhas ficam úmidas e frias. Mira-se no espelho pela última vez, pensa em trocar a lingerie, depois decide ficar como está. No reflexo, encontra a beleza de suas coxas carnudas e abre a porta à espera do rapaz. Suspira, toma fôlego e coragem! Ouve o som do elevador chegando, da porta abrindo e dos passos se aproximando. Quando consegue ver o rosto do moço, um sentimento de decepção inunda a sua alma. O rapaz era baixo, magro, mirrado. De uma cor desbotada, quase cinza. O cabelo era um moicano mal cortado, brega, até para ela que gostava de Coldplay. Na internet não perguntou o óbvio: como você é? Não pediu uma foto, uma imagem!

O garoto era simpático, tentava ser educado. Mara o deixou entrar, pensou que um papo sincero com um estranho podia valer a noite. Sentaram-se em torno da pequena mesa de pinos. Mara alcançou o cigarro avulso e o acendeu. Ofereceu outro ao rapaz, mas ele não quis. Achou melhor puxar assunto.

E aí, me conta de você!

Ah, não sei. O que quer saber? - disse o moço com uma voz fina e fraca.

Você é daqui mesmo?

Não, sou do interior.

Gosta daqui?

Gosto.

Faz tempo que veio?

Faz três meses.

O que mais gostou até agora?

Ah, não sei.

O esforço para continuar aquilo era enorme. Na segunda camada do pensamento concluía que não havia saída fácil para a solidão, para a carência. Sempre seria complicado encontrar alguém, divertir-se com outra pessoa. Mas insistiu.

Que tipo de música você gosta?

Ah, qualquer música.

Gosta de Coldplay? - ficou sem resposta.

Mara disparou uma playlist no computador. Pensou consigo mesma que estava sendo pessimista, que podia fazer perguntas melhores para salvar a noite, nem que fosse só um pouquinho.

Tá, e como começou?

Começou o quê, moça?

Esse trabalho, essa profissão?

Ah, de fazer programa?

É, de programa.

Ah, eu levo jeito, né?

Uma gargalhada explodiu em sua garganta assustando o pobre garoto. Mara sentiu-se má, tinha rido dele, na cara dele.

Me desculpa, mas eu não consegui me conter.

Tudo bem, não tem problema.

Mas me conta mais desse seu jeito?

Contar o quê?

Você falou que leva jeito, me explica isso.

Eu não sei explicar, sei fazer.

Tá, o que faria comigo, por exemplo?

Ah, com você?

É, comigo? Ou comigo não dá porque eu sou gordinha?

Não. Não tem disso, não. Sempre dá.

Pela primeira vez conseguiu ver algo de consistente nos olhos daquele moleque franzino e desprovido de encanto.

Com você eu começaria com uns bons amassos contra a parede. Mulher grande é bom de amassar! Beijo no pescoço, umas boas apalpadas nesses seus peitões, e por aí vai. Daí já ia descendo as minhas mãos, pegando na parte de trás das suas pernas, perto da dobrinha da bunda, sabe? Depois dava uma boa amassada no bumbum, apertava bem contra mim, e já ía achando o caminho da sua... é...

...buceta...

...isso, que já estaria bem molhada e ia ser fácil de achar, né? Mais uns amassos e te levava pra cama e daí mergulhava no meio das suas pernas pra te deixar bem maluca. Depois eu vou vendo, se já é hora de partir pro jogo ou se tem outra coisa pra fazer antes, sabe? Entendeu mais ou menos?

Mara puxou o garoto pela camisa e ele realmente fez tudo o que tinha falado que iria fazer.

Extasiada, agradeceu ao rapaz pelo bom serviço. Ele não disse nada, só acenou com a cabeça. Mara se levantou, acendeu um cigarro, olhou para o garoto sentado na cama. Tragou o sabor da vitória, tinha feito o que queria e na hora em que queria. Sentiu uma pequena amostra do que é o tal do poder, ali, toda nua no meio da sala, com um homem ao seu dispor. Gostou disso.

Olhou o dinheiro em cima da mesa, esperando para ser levado pelo jovem profissional do sexo e percebeu que ainda estava no controle. Virou-se para o garoto e avisou que queria mais. O rapaz pediu mais alguns minutos de descanso. Mara disse que não seria necessário, que ela faria o esforço. Então a moça marchou até a cama e empurrou o garoto para que se deitasse outra vez. Sem qualquer cerimônia, Mara sentou sobre o rosto do rapaz, segurou o cabelo dele com ambas as mãos, e começou a esfregar-se em sua cara. Como bom profissional, o garoto não relutou. Os movimentos foram aumentando de intensidade e Mara precisou segurar na cabeceira da cama para aumentar o ritmo da esfregação. O garoto deu sinais de que algo não estava bem, tentava se livrar das grandes coxas que cobriam todo o seu rosto. No movimento frenético e prazeroso, Mara não percebeu a mão batendo em suas pernas implorando misericórdia. A atividade cresceu tanto em ritmo e força que na hora de gozar a cama se quebrou e tudo veio abaixo. Como se nada tivesse acontecido, Mara suspirava ofegante com um enorme sorriso no rosto. As bochechas avermelhadas denunciavam a plena satisfação. Depois de alguns instantes desfrutando de um orgasmo nunca sentido antes por nenhuma pessoa na face da terra, ocorreu-lhe que o garoto não se mexia mais. Levantou-se de susto e viu o corpo franzino ali, estirado e sem vida sobre a cama despedaçada. Não podia acreditar que seu brinquedo sexual havia quebrado. Um saco de pele, ossos e carnes magras jogado no colchão, recheado de uma infinidade de problemas por vir.

Na cozinha procurou uma faca afiada, ou de serra. O melhor que encontrou foi a faca de pão. Lembrou da infância na casa do avô, onde tinham uma faca elétrica de cortar carne. Surpreendeu-se com o tipo de pensamento que estava tendo. Acendeu um cigarro. Procurou na internet sobre "como se livrar de um corpo humano". Tentou ler a legislação sobre homicídios. Chegou a procurar algum fórum com o tema "eu matei uma pessoa". Levantou-se, apagou o cigarro e buscou o telefone. Discou 190, desligou.

Mara chegou perto do garoto, passou a mão em seu rosto sereno, agora muito mais belo do que antes, e deitou a cabeça em seu peito. Fechou os olhos e pensou se algum dia teria mais um orgasmo como aquele.

FC

ROLETA RUSSA

Arthur ainda pequeno já tratava a empregada como criada particular. "Cadê meu brinquedo", "faz um sanduíche", "traz um refrigerante", "liga pra minha mãe", "arruma meu quarto", "mas já vai embora?" A pobre trabalhadora atendia as vontades do menino porque pensava que ali mesmo era o seu lugar, mas sempre era renegada quando tentava demonstrar um pouco de carinho, o que lhe era genuíno, pois se afeiçoara àquela criança que vira nascer.

O menino cresceu e incomodava as outras crianças da escola, dentro da sua cabeça, se sentia especial, superior talvez, seja lá por qual motivo, pensava assim. Atormentava quem era diferente dele. Perturbava o menino de óculos, tirava sarro do mais cheinho, perseguia o menorzinho, o mais quietinho não lhe dava bola, mas mesmo assim ele atazanava o coitado. E assim foi crescendo cada vez mais inoportuno e inconveniente.

Amigos de verdade não fez, só os interesseiros que o seguiam à sombra de sua arrogância. Quem o olhava de longe não entendia o porquê de toda aquela prepotência desmedida. A natureza não lhe tinha dado nada excepcional, era um garoto normal e comum como qualquer outro. O problema era dentro da sua cabeça, o reflexo do espelho lhe mostrava muito mais do que era, isso lhe deixava grande aos seus próprios olhos, e sabe-se lá porquê, gigante perto de qualquer um à sua volta.

Pouco antes de se tornar maior de idade, ganhou o primeiro carro. Agora não precisava mais do motorista particular. Carro esse que nunca ganharia por merecimento, era mais um dos agrados equivocados de seu pai. Pronto, tinha mais um motivo para aumentar seu orgulho diante da vida. Com a máquina potente fez muita besteira. Andava mais rápido do que o permitido, dirigia sem cinto, entupia o carro de gente, guiava bêbado, subornava a polícia, foi tirado da delegacia pelos amigos importantes da família até que finalizou o embate num grande acidente que acabou por destruir o brinquedo preferido. O poste ficou caído no chão e o pequeno grande Arthur saiu ileso apenas com um arranhão. Por sorte, não envolveu mais pessoas nessa tragédia, e há quem diga: mas como não aconteceu nada com esse f...!!!

Entre amigos e inimigos, Arthur foi crescendo e vivendo dentro do seu mundinho com suas próprias regras. E não havia maneiras de a própria vida lhe ensinar alguma coisa sobre ser mais humano. Ninguém entendia como era possível viver assim. Havia os que o odiavam, os que já o ignoravam e, os outros, que ficavam à sua volta, aproveitando as regalias que ele proporcionava para manter esse pequeno grupo de seguidores.

Tarde da noite, música alta no jardim da piscina, bebidas à vontade, drogas ilícitas liberadas, cada vez mais jovens chegando na grande festa do ano. Noite adentro, cabeças zonzas e pernas cambaleando andando de grupinho em grupinho. Alguns mais alegres pularam na piscina. Não tinha regras, tinha quem pulava de roupa, quem pulava de calcinha, de cueca, tinha quem pulava pelado. Conversas altas, gargalhadas, uivos, um grande brinde à juventude!

Arthur sempre queria ser o centro das atenções, mesmo sendo o anfitrião generoso, queria ainda mais. Montar uma cena em seu palco, criar um picadeiro dentro do circo com pão e vinho. Com a arma do seu pai em punho, colocou uma bala no tambor e girou dando risada. Na roda de pessoas que se formou à sua volta, uns ficaram paralisados, outros o incentivaram e ainda havia os que bateram palmas coordenadas num coro: Vai, vai, vai!

Arthur aperta o gatilho.

AP

VERMELHO POR DENTRO

Maxmiliano Albuquerque acordou zonzo e desorientado em um cômodo nunca visto antes. No teto, buracos e fios elétricos pendurados. Um armário capenga e uma janela com vista para um muro de concreto. Max, como o chamavam, levantou-se de pronto. Ainda grogue, cambaleou pelo quarto empoeirado. Não encontrou o celular no bolso do terno Hugo Boss. Buscou nas entranhas do sofá esfarrapado onde estava deitado instantes antes. *Ufa!... mas sem bateria.* Max guardou o aparelho e se dispôs a sair dali. Abriu a porta com cuidado e encontrou um apartamento igualmente simples e vazio. Atravessou o muquifo e chegou no corredor que dava para uma escadaria em caracol trabalhada em pedra. *Esse edifício já teve algum charme.* Max desceu as escadas habilmente. A prática de triathlon lhe conferia uma agilidade vigorosa.

Na rua, viu-se no coração pulsante de um bairro que não conhecia. Ainda estava na metrópole, conseguia ver o topo da sua torre de vidro e aço reluzindo no horizonte. *Primeira meta, recarregar o telefone celular.* Rapidamente identificou uma lojinha de celulares e produtos eletrônicos de baixa tecnologia. Entrou e antes que pudesse se pronunciar sentiu a mão do segurança pesando em seu peito. *Aqui não, mano!*, disse o grandalhão brecando seu ímpeto. Max não entendeu a reação exacerbada. Tirou a carteira do bolso, puxou o cartão de crédito. Preto, fosco, elegante, coisa de quem tem muito crédito. O sentinela não se comoveu: *Parça, você não, ok?! Essa é a segunda vez. Na terceira é soco na cara.*

No meio da rua caótica, com gente por todo lado, Max sentiu-se, pela primeira vez em sua vida, invisível. *Então essa é a tal selva de pedra?* Passou a caminhar em direção ao seu arranha-céu.

À medida que avançava, passava por áreas enormes sem qualquer pessoa por perto. Planícies de asfalto infinito repletas de estruturas de concreto seco. Um quilômetro depois desembocava em rios de gente correndo por vielas apertadas em bairros super populosos.

Sentiu, também, que quanto mais próximo do seu bairro chegava, mais deixava de ser invisível. Pelo contrário, mais e mais pessoas notavam a sua presença, mas de uma forma pesada, hostil.

Na portaria forrada de mármore travertino, a recepcionista de cabelos e traços impecáveis o mirou com a imparcialidade de um jogador de pôquer.

- Boa tarde, senhor. Posso ajudá-lo?
- Sim. Qual o seu nome por favor?
- Elisiane.
- Elisiane, eu sou o Maximiliano Albuquerque.
- Ah, sim. Claro.

Max, piscou o olho para Elisiane e se dirigiu à catraca de entrada. Após alguns instantes nada aconteceu.

- Elisiane, pode liberar a minha entrada, por favor?
- Pois não. Só um instante, senhor.

Max empurrou a catraca e sentiu a resistência da tranca travada.

- Elisiane, talvez você não saiba, eu sou o Maximiliano Albuquerque, dono deste prédio, desta empresa e de muitas outras.

- Sei sim senhor. Eu sei quem é o Maximiliano Albuquerque.

- Pois então libera a porra da catraca!

Elisiane contraiu-se toda. O som de porta seguido de passos apressados ecoou pelo hall petrificado. Dois sujeitos espadaúdos marchavam tenazmente em direção à Max. *Até que enfim, porra!* desabafou a doce recepcionista. Os sentinelas dominaram Max fisicamente e o arrastaram para fora do edifício.

- Que porra é essa?! Eu sou o dono dessa merda toda! Eu vou mandar todos vocês embora!

Os seguranças retornaram para dentro do prédio. Max se levantou e correu para dentro do prédio novamente. Fez uso de seus cinco anos de Krav Magá para atingir a traquéia de um e chutar o saco do outro. Enquanto os grandalhões agonizavam no chão, Max olhou para Elisiane e ordenou:

- Ligue para o Roger, vice-presidente, e peça que ele desça imediatamente!

Elisiane, diante do poder de fogo de Max, obedeceu.

- Seu Roger? Tem um senhor causando confusão aqui na recepção. Será que o senhor pode descer?

- Diga que é o Max.

- Ah, e ele tá dizendo que é o Maximiliano Albuquerque. Ele está descendo senhor.

- Você sabe que vai ser demitida, não sabe?

- Claro, senhor.

Max andava em círculos pela recepção enquanto os vigilantes se recuperavam aos poucos.

Roger sai do elevador e Max corre em direção a ele como se fosse abraçá-lo. Novamente, a catraca o contém. Roger aproveita o obstáculo para manter a distância.

- Roger, você não acredita na cachorrada que esse pessoal tá aprontando comigo.

- Olha, amigão, eu não sei bem de onde a gente se conhece, mas eu vou tentar te ajudar.

O vice-presidente observa e avalia o tempo necessário à recuperação dos seguranças retorcidos no chão.

- Puta que pariu, Roger, que piada escrota é essa?! Eu sou o Max, caralho!

Roger o olhou bem, de cima a baixo. Sorriu.

- Cara, você parece o Max mesmo. Impressionante. Se você não falasse, eu nunca teria percebido. Você é, tipo, primo dele?

Max chacoalhou a cabeça para testar a realidade. Roger prosseguiu.

- Cara, sério mesmo, se não fosse a cor, seria, tipo, um irmão gêmeo dele. Tá ligado?

Max, pela primeira vez, desde que despertou, olhou-se com atenção. Suas mãos eram pretas. Não pintadas, ou cobertas por algum pigmento. Eram negras mesmo. Então buscou o espelho da recepção e se deparou com a sua imagem de homem preto, de pele escura e cabelo afro, repleto de cachos belos e viçosos. Como havia deixado esse detalhe tão gritante escapar?

Roger percebeu que os seguranças já estavam se levantando e, vendo que o suposto Max não sabia nem a cor da própria pele, resolveu se retirar.

- Amigão, boa sorte aí! Eu preciso ir.

Roger, o VP da "Max Corporation" entrou no elevador. Os grandalhões finalmente se levantaram e partiram para cima do homem ainda atordoado pela surpreendente novidade racial. Enquanto era sufocado, Max decidiu rever os protocolos de segurança quando retornasse ao poder. Imaginou que talvez tivesse que começar do zero na periferia da cidade, que trabalharia muito e, como preto, chegaria onde sua versão branca havia chegado. Perguntou-se, ainda, se o seu DNA havia mudado por conta desse acontecimento fantástico e se, de alguma forma, conseguiria provar quem realmente era. Até que tudo ficou escuro diante de seus olhos e não havia mais pensamentos em sua mente.

Um fio de sangue atravessou o mármore branco, contornando os degraus da escadaria resplandescente. Diante dos olhos dos funcionários, aquele corpo anônimo e sangrante começou a desbotar, readquirindo as familiares características físicas de Maximiliano Albuquerque. Sincronicamente, a pele da recepcionista e dos seguranças que o rodeavam foi escurecendo. Do elevador ressurgiu Roger, esbaforido, também em sua versão preta.

Quando a polícia chegou, lá estavam quatro pessoas negras rodeando o corpo alvo e sem vida do famoso magnata.

FC

ERA UMA VEZ MINHA MÃE

Maria Eduarda dissolve-se na música convulsiva. No melhor dos seus 20 anos, cada parte do seu corpo é chacoalhada pelos beats eletrônicos. O sorriso cravado no rosto é a única coisa estática naquele microuniverso. Em frente às caixas de som, o coração acompanha a batida, agredindo seu peito de dentro para fora, enquanto o cérebro agoniza em ondas extravagantes. Rodeada por seus pares, respira goles de água no limite da existência.

Marta dorme o sono dos justos no silêncio de sua maturidade. Acorda assustada com o volume máximo do toque do celular. O sonho interrompido não lhe permite alcançar o telefone, que continua tocando alto como a música da boate. Marta derruba sua cartela de remédios de cima da cabeceira e leva mais alguns segundos para voltar a si, ainda sob o efeito do comprimido para dormir. Acende o abajur. Toma um gole de água enquanto atende a desesperada chamada de um desconhecido. Marta senta na cama enquanto o edredom escapa do corpo. Ouvindo com atenção e perplexidade o que a pessoa fala do outro lado da linha, sustenta a testa com a mão e respira fundo. Marta atira o telefone com raiva. Fica imóvel, sem reação. O rosto pálido como a parede do quarto, os olhos esbugalhados antecipando a hora de despertar. Ergue-se movida pela revolta e a preocupação.

Com a feição abatida, Marta se senta na frente do delegado de polícia. Atrás dele o lembrete pintado na parede:

"Divisão Estadual de Narcóticos". Ao lado, o relógio analógico marca cinco e meia. Na janela da delegacia, a noite vai virando dia, num tom cinza e triste para quem olha pelo lado de dentro das grades.

- Pois, é, dona Marta, dessa vez a coisa foi mais feia, não posso intervir muito. A garota foi pega pelo segurança da boate entregando comprimidos para um grupo de meninas. Todas estão aqui, mas sua filha tinha mais 30 comprimidos na bolsa. O grupinho tava bem alterado, mas agora já se acalmaram um pouco.

Marta fica atenta ouvindo o delegado, concordando com a cabeça e sem esboçar muita reação. Já calejada pelos transtornos, sua angústia permanece interna, fazendo a úlcera esbravejar por dentro. Abre a bolsa, olha atenta para o delegado e pergunta baixinho:

- Quanto vai ser dessa vez, Andrade?
- Olha, dona Marta, como falei pra senhora, dessa vez ela passou dos limites, a gente sempre libera usuário, assim, de boa família, porque a gente acredita na nossa juventude, não podemos estragar a vida deles por essa fase de festa que logo acaba. Também acredito nos pais, gente de bem, que vão dar um jeito pra amansar essa garotada. Mas com 30 comprimidos já não dá mais pra chamar de usuário né?!

Marta finalmente sente o golpe do novo patamar de confusão que sua filha estava alcançando. Seu rosto ficou pálido, seus olhos fundos. Andrade, entendendo que o recado havia chegado do outro lado, prosseguiu:

- Recolhemos os comprimidos e vamos destruir tudo. Mas a senhora precisa dar um jeito na sua filha, dona Marta, daqui a pouco ela tá andando com os "marginalzinho" aí, daí o negócio muda de figura, não posso fazer mais nada. Aí é xilindró, doa a quem doer. Até a boate, que faz vista grossa, já tá incomodada com algumas turminhas lá. Tem que melhorar isso aí. Isso aqui não é terapia que a senhora paga, leva a menina e volta daqui um mês.

— Desculpa, Andrade, isso não vai mais se repetir.

Balbucia Marta, sob o peso da vergonha dupla, sua e de sua filha. Levanta rápido da cadeira desconfortável, como se tivesse acabado de levar bronca do diretor da escola, carregada de verdades e canastrices. Num ímpeto de lucidez, Marta dá meia volta:

— Andrade, não dá pra Maria Eduarda ficar aqui hoje? Ela precisa aprender a se responsabilizar pelos seus atos.

— Isso aqui não é terapia, dona Marta, nem clínica particular. Ela já deve tá lá na frente te esperando pra ir embora, bem mansinha. E vão logo antes que eu mude de ideia, não quero mais ver vocês por aqui.

O dia amanhece maltratando os olhos com luz que invade o escuro de suas almas. Uma mulher entristecida pela vida e outra envergonhada pela impulsividade de seus prazeres inconsequentes, disfarçando o pouco da sua animação sintética persistente.

No carro, Maria Eduarda tenta soltar uma palavra e é interrompida por sua mãe que a manda calar a boca. Tentando iniciar novamente uma tímida conversa, Maria Eduarda não consegue convencer a mãe a ouvir suas palavras.

O silêncio ganha o ambiente e elas só ouvem os ruídos de uma cidade grande começando a funcionar. O trajeto inteiro ficam na penumbra silenciosa que poupa seus corações do que não aguentariam ouvir. O constrangimento ganha um volume maior do que a intimidade familiar. O barulho do isqueiro é a única coisa que se ouve. Com o cigarro na boca, Marta provoca:.

- Quer um? Ah, desse você não fuma, né? - diz Marta num tom sarcástico e raivoso.

A filha se sente exposta e permanece na sua insignificância tentando conter o choro, indício de que ainda sente algum respeito pela mãe.

A escuridão toma conta das ruas da vila, os poucos postes de luz se alternam com lâmpadas acesas e a maioria queimadas. Robson e Joca conversam, andando sem rumo, fumando um cigarro compartilhado. Entre conversa fiada e os latidos dos cachorros da vizinhança, que sentem a presença da dupla quando passam na frente dos portões, Joca intima Robson com um ar firme:

- Daí, cara, tem que decidir logo se vai entrar na parada. A grana é boa! To falando! Acredita em mim, brou!

Robson não se intimida, mas responde inseguro:

- Sei lá, mano. Conheço o Déco de pequeno, véio, ele era amigo do meu irmão. Sei que ele tá pesado agora. Entro pra conseguir uma grana daí já to fodido, o cara acha que sou empregado dele. Não saio mais, cara. Não quero isso. Olha o Cabelo como se fodeu.

- Você vai se dar bem, cara. Vive com as bacaninha lá do centro. Vai tirar uma grana arregada em cima das patricinha. Grana alta fácil! Dá uma mão, véio. Pelo menos ajuda dessa vez, tem um carregamento enorme pra desovar.

- Cara, to precisando forte, mas ainda não. Vou me manter fora dessa. Fica na tua que eu fico na minha, susse.

- As mina vão te dar dinheiro porque querem, você nem vai precisar ir atrás delas. As gurias que vão vir atrás de você. Ligar pro Robin Hood delas.

Os dois continuam andando pelas ruas escuras, agora em silêncio. Robson acende outro cigarro e dá baforadas para cada pensamento contraditório que passa pela sua cabeça. Joca dá um tapinha nas costas do amigo e os dois acabam numa gargalhada cúmplice de parceiros de infância.

Depois de um dia longo de labuta na frente do computador, com cafés providenciais, conversinhas supérfluas e risadinhas falsas do ambiente de trabalho, Marta volta pra casa ainda vendo planilhas e números na sua frente, impregnados em sua mente. Quando sai do elevador, escuta a música alta que ecoa no corredor. Quase como se não quisesse, procura as chaves no meio dos entulhos dentro de sua bolsa, meio sem vontade, suspira fundo, vira a chave e entra no apartamento. Numa visão embaçada de não querer ver o que vê, fica imóvel em pé enquanto assiste Duda e a amiga Manu dando gargalhadas sentadas no sofá como se a mãe ainda não tivesse chegado em casa. Duda tenta levantar e cambaleando cai no chão, a amiga continua rindo em êxtase e Duda acompanha a risada caída olhando pro teto.

- Porra, Maria Eduarda, o que eu fiz de errado pra merecer isso?

Num movimento único, Marta parece ser maior do que é, puxa Duda pelo braço e a empurra pra fora do apartamento. A amiga segue sem entender o que está acontecendo. Marta age no automático como se alguém desligasse o botão de sua vida e tudo ficasse mecânico. Sente-se mais sozinha do que nunca, sem forças e desanimada, sem um fio de esperança pra guiá-la nessa maternidade solitária. Desde que a filha nasceu, ela se desdobrou entre o trabalho e a criação dessa nova nova mulher. Numa bifurcação do destino, sempre optava pela filha, mas não entendia o que tinha feito de errado. Queria ajudar com toda a força de sua alma, mas também precisava escolher-se, pelo menos uma vez.

Duda sentada no banco do passageiro, só consegue se ater às luzes dos postes que passam consecutivamente e no mesmo ritmo, não vê mais nada ao redor, apenas alguns feixes coloridos da cidade e dos sinaleiros. Não se atreve a mexer a cabeça porque tudo se mistura e o mundo volta a rodar num movimento mais rápido que o suportável. Marta segue dirigindo sem falar nada. Todas as palavras já foram ditas e repetidas. Sente-se impotente, a força da mãe guerreira se esvai junto com as lágrimas que caem pelo seu rosto. Não teria como fazer diferente nesse mundo que não tem com quem contar. Por um segundo, pensa em jogar o carro da ponte e acabar com tudo de uma vez só. Não é justo, quer viver, quer ter mais alegrias na vida, mas também não é justo continuar a viver assim. Não é justo. Já não sabe o que não é justo, como não sabe o que deve merecer. Mas dessa vez tomou a decisão certa. "Agora vou pagar pra ficarem com você", pensou.

A barriga ronca de fome. Robson levanta da penumbra do seu minúsculo quarto e vai até a cozinha conferir o que tem pra matar a larica. Na geladeira, uma panela de arroz e uma garrafa de água. Uma montanha de louça suja na pia e nenhum copo limpo na prateleira. Robson toma a água gelada no gargalo. No saco de pão, a fatia amanhecida já virou pedra. Lê dois bilhetes na geladeira. "Entrevista às 15h" e "ligar pro Déco". Não consegue vencer a fome. Deita no sofá, olha para o teto manchado pelo tempo. Lembra de ligar para o colégio do bairro e a notícia ainda é a mesma, sem vagas, continua na fila de espera para ingressar no ensino médio. Fecha os olhos e torce por um sonho melhor do que a vida.

Marta abre a porta do quarto da filha e entra com convicção. Abre a gaveta da mesinha ao lado da cama. Tira papéis e bugigangas e põe no chão. Mexe e revira tudo que tem ali dentro. Papel de bala, cartinhas, adesivos e quinquilharias. No guarda-roupa não encontra nada diferente. Uma caixinha chama atenção em cima do armário, Marta sobe no pufe para alcançá-la. De joelhos, na frente da cama de quem um dia fora uma menina inocente, Marta abre a caixa vagarosamente como num filme de suspense sem trilha sonora. Erva, pastilhas, papéis e pó. Para uns um paraíso, para outros o desespero. Para sua filha, um mundo paralelo de falsa felicidade que nunca se sustentou.

Com cuidado, Marta pega o baseado e sente o aroma. Com olhar atento, pega o isqueiro e acende. Marta regressa para uma época que estava escondida dentro dela há muito tempo. Deita na cama da filha e olha através da janela. As nuvens passam com o vento, agora um tanto quanto mais devagar. Relaxada e sem nada na cabeça, Marta dá mais algumas tragadas, curte seu momento e esquece um pouco do que não tem capacidade de mudar.

Olha no espelho, seus olhos estão vermelhos e as pálpebras inchadas. Ainda curtindo a viagem da erva, esboça um leve sorriso olhando para seu reflexo. Passa água no rosto e bebe um gole direto da torneira. Cena comum para Robson. Aconteceu a ele o que lhe dava mais medo, tornou-se amigo da maconha. Achou na viagem a tranquilidade que lhe faltava na vida. Conseguia desconectar do mundo, o que lhe trazia momentos de paz, indiferente aos problemas do cotidiano miserável da sua existência insignificante. Era como se sentia. Invisível num mundo sem oportunidades. Ainda assim, prometia pra si mesmo, não passar do baseado. Mesmo com tudo que levava para as riquinhas ficarem doidas, mantia a mercadoria somente para venda. Toca o celular, o que o desperta de seu inebriante instante consigo mesmo. Robson atende e avisa que logo vai entregar, no lugar de sempre.

Mais um dia cheio de trabalho, esgotada, Marta chega tarde da noite em casa, depois das horas extras de final de mês. Fala ao telefone ao mesmo tempo que procura alguma coisa na gaveta da cômoda da sala. Desliga satisfeita ao saber que Duda está indo melhor do que imaginava. Marta arranca as botas de salto, solta a calça apertada na cintura e deixa ali no chão da sala mesmo. Afrouxa o sutiã, o tira pelas mangas e larga no sofá. Abre a janela, e no conforto de sua casa, de calcinha e camiseta, num silêncio que transborda, ela acende um baseado e fuma lentamente olhando a vida lá fora.

Os dias seguem e a rotina também. Trabalho e exaustão. Sente falta da filha, mas desfruta de seus momentos de paz. Ora no absoluto silêncio, ora ouvindo uma música pra desmazelar-se. Da inquietude da incerteza do que vivia a filha, Marta quis provar todos os venenos para tentar se sentir no corpo dela.

O baseado acaba e Marta volta a olhar a caixinha mágica, herança da filha, e se rende ao comprimido em formato de coração, sem nenhuma instrução. A viagem é duradoura e prazerosa. O sofá se torna mais macio, a música mais dançante, as luzes mais coloridas, a água mais gostosa. Do piripimpim da madrugada foi acordada por uma dor de cabeça que lhe torturava por qualquer pequeno movimento. As buzinas na rua estavam mais altas, o movimento mais intenso e tudo mais incômodo. Na escuridão do quarto, permaneceu imóvel sem saber que horas eram. Acompanhada por uma jarra de água, Marta não viu o dia passar convivendo com a parte não tão boa do seu novo ser.

Entre culpa, prazer, ressaca e depressão, Marta não saía mais de casa. No trabalho, uma desculpa qualquer, colou por algum tempo. Quando nada da caixinha sobrou, nem o pó branco que lhe dava coragem, nem o doce que lhe trazia alvoroço e satisfação, nem os comprimidos coloridos que lhe davam prazer, nem a erva onde conseguia paz e relaxamento, foi que ligou para Manu. Num subterfúgio que lhe deu vantagem, a amiga da filha foi ao seu encontro para uma boa conversa com vinho e cerveja. No próximo, o baseado já era cordial, até que foi um caminho sem volta.

Maria Eduarda voltou plena e limpa, com uma mãe adicta funcional que se rendeu ao pó para dar conta do trabalho e disfarçar a nova realidade para a filha. Sempre acompanhada do álcool, Marta começou a sair para que ninguém percebesse. E assim foi por um tempo. O dia começava com uma linda mesa de café da manhã com as duas agradecendo aos céus pela recuperação de Duda, que tinha uma bela vida pela frente, e terminava com Marta chegando em casa na surdina das madrugadas se escorando pelas paredes quando o pó terminava.

Na tela do celular vibrante a palavra "Rob":

- Tô com a parada de primeira na mão, acabou de chegar, vai querer?

- Valeu, Rob, traz pra mim agora.

Na ânsia de melhorar da pior ressaca dos últimos tempos, Marta decide não trabalhar e se entrega ao ensejo da liberdade e prazer. O saquinho de plástico vazio e Marta lambe a rapa do tacho. Com a vista embaralhada, sai para rua à procura de mais. Na boca de noite, para num boteco e toma cerveja com os novos melhores amigos, fumam maconha na esquina e decidem esticar para a boate onde um suposto conhecido entregaria mais cocaína. Naquela noite renegou balas, papéis e gotas. A viagem estava alta demais. Entre carreiras e cervejas, a loucura aumentava e Marta ia perdendo os sentidos e a noção de onde estava. Seus pés se cruzavam na tentativa de sair do lugar, as pernas bambeavam, a boca amortecia, os olhos queriam fechar, o peito estava ficando pesado, a náusea subia pela garganta. Gastando a última força que tinha, sentou-se no chão. Os olhos fecharam e o corpo afundou na escuridão.

Tocou o telefone de Duda, às 8 horas da manhã e ela estava atrasada para a aula, na tela estava escrito "Rob". Não atendeu. Como se atreveria a ligar depois de tanto tempo.

Por nenhum segundo ela quis voltar ao que era. O celular insistiu a ponto de Duda não conseguir mais ignorar. Só apertou o botão e escutou. Estupefata, derrubou o celular e chorou até a última lágrima.

AP

PORTO DO INFERNO

Quando o navio apita eu já estou com o pé na terra. Em Paranaguá, toda vez é assim.

Marcho com passos firmes até a casa amarela da esquina, a mais torta do bairro, a mais decadente da cidade. O povo corre quando me vê. O comércio fecha e as senhoras recolhem as crianças. Escuto burburinhos. Toda vez é assim.

É cedo demais. Ainda não tem puta e nem cafetão na casa amarela. Dou meia volta e mudo de bairro pra encontrar um dono de boteco que ainda não me conheça. Num pé sujo, com a parede espelhada, bato no balcão pedindo cinco martelinhos. O homem traz a encomenda em cinco copinhos lustrosos de vidro grosso. Tomo os cinco e peço mais cinco. Sempre fui forte pra bebida. O homem atende meu pedido sem pestanejar. Discretamente, alcança um porrete maciço e o deposita debaixo do balcão.

Avisto uma mesa de sinuca. Entro de próximo. Chega a minha vez logo quando acabo de tragar a sequência de água boa. Peço mais cinco. Na mesa verde, arrebento a formação já botando duas bolas na caçapa. Fiquei com as maiores. Encaçapo uma atrás da outra, gritando alto e batendo o taco na mesa a cada ponto. O sujeito é franzino, finge que nem me vê. Tô animado, bom pra passar o tempo. Chamo pra dobrar a aposta, mas o cabra entrega o taco e vai embora. Sem coragem! Um moço grandão assume a posição. Intimida um pouco, mas me é familiar. Rosto de menino, peitinho de pombo, uma versão minha, mas bem mais jovem. Tem o pescoço largo, deve carregar saco nas docas. Eu fazia isso ainda guri. Encorpa o tronco de menino. Começa a rodada. Sou o rei da mesa, vou primeiro. Não repito o mesmo estrago da primeira. O moço toma a vez e vai cobrindo as bolas feito um potro viril provocando o velho garanhão. Intimida um pouco. Eu entendo o recado e faço o meu teatro. Me encosto na mesa, derrubo o copo no pano. Golpe baixo, mas certeiro. O piá tem cabeça fraca e acaba errando. Assumo a ponteira encaçapando todas. Não tem pra ninguém, toda vez é assim. Depois da última, eu chego bem perto e solto um urro bem na cara do rapaz. Provoco. Não devia. Pronto! Ele solta um cruzado, eu me esquivo e dou uma cabeçada que faz o nariz dele desabrochar em sangue. Ainda tenho reflexo bom! O parceiro do garnizé vem pra cima. Eu resolvo com um pisão no joelho e uma tacada na nuca. Covardia é dois pra um. Eu me garanto! Vejo o meu rosto vermelho na parede espelhada. Nunca tinha me visto assim, com o diabo encarnado. A minha imagem me atrai e vou ao meu encontro. O homem do balcão me acerta uma tacada no braço. O osso rasga a pele e fica parecendo um peru em dia de festa. Minha fúria multiplica e boto o bar inteiro abaixo. Não consigo me conter. Toda vez é assim.

Meto o pé na porta da casa amarela. Não entendo por que só eu que faço isso. Cidade decadente. Uma turma de cinco leões de chácara me cerca. A notícia correu a cidade. Na próxima, preciso chegar de surpresa.

Manda a Nina descer!

Jurandir, para com isso, homem de Deus! A Nina não quer saber de você. Vai embora, por favor!

Com o braço arrebentado e tudo, dou um nó naquela penca de gorilas. Os clientes saem tropeçando com as calças nos joelhos. As meninas gritam pela rua com suas roupas curtinhas em seus corpos de aluguel. Até que uma garrafada me acerta na cara. Feito uma bola de sinuca, meu olho despenca para fora do rosto. Outra garrafada na nuca e mais uma no cocuruto. Sou uma massa de sangue e carne derretendo pelo chão. Todo amortecido, já não sinto mais nada. No segundo andar da casa vejo as atiradoras de garrafas plenas e satisfeitas. Do meio delas surge Nina que, com o maior desprezo do mundo, me mira no olho que me resta e diz:

Vai embora daqui, Jurandir!

Por favor, fala comigo! Vamos embora daqui, minha filha!

Pai, pela última vez, some da minha vida! E, se você voltar, eu mesma vou resolver isso de uma vez!

Filha...

Nina me dá as costas, pega um moço feio pela mão e o leva pro quarto. Levanto o que resta de mim e me arrasto de volta para o navio, manchando as as pedras escuras da rua com o meu sangue denso e pastoso.

Não tem jeito, em Paranaguá, toda vez é assim.

FC

ANITA

Jovem, mulher, 30 anos. Muito bonita, um pouco melancólica. De camisola de cetim rosa claro, parada no meio do estúdio ultra decorado que flutua no topo mais alto da cidade. Os cabelos compridos e escuros estão presos num rabo de cavalo, livrando seu rosto bem traçado de qualquer interferência. Sentada em frente ao espelho, contorna os olhos negros. O celular toca. Quanto tempo vai se atrasar? Não tem problema. Segue com a maquiagem, depois perfume pelo corpo todo e a troca da camisola pela preciosa lingerie. Um corselet vermelho e uma saia de tule preta. A calcinha, também preta, um pouco mais larga. Salto alto de verniz. Na frente do espelho maior, solta os cabelos. Ensaia um sorriso. Olha o relógio e espera. Toma um gole de vinho e caminha por todas as possibilidades do lugar. Mira pela janela, soa a campainha. O homem de terno e gravata coloca a pasta preta no chão e abraça Anita com força, que, por sua vez, entrega o sorriso ensaiado. Elogios consagram a sua beleza e esforço. Caprichou para esta noite, hein?! Ele beija seu pescoço, coloca as mãos nos seus seios, ainda por cima do corpete. A coreografia é performada com a sutileza que aquele corpo merece. Detalhado pelas luzes indiretas e as sombras recortadas, ele goza.

Anita dorme nua, apenas coberta por um lençol branco que lhe esconde as nádegas. As roupas caras espalhadas pelo chão. O homem sai do banheiro vestido e pronto para o mundo. Tira sua carteira do bolso e deixa 10 notas de 50 reais sobre a mesinha de cabeceira. Vira as costas e deixa a suíte. Anita abre os olhos, conta o dinheiro. Olha a hora no relógio e se levanta urgente. Veste jeans, camiseta branca e tênis. Junta suas coisas espalhadas pelo quarto numa mochila surrada, guarda o dinheiro no bolso e vai embora.

Já na rua, com óculos de sol, Anita se apressa até o ponto de ônibus. Chega a tempo de fumar um cigarro. Pega o primeiro que aparece, senta na janela, olhando por onde passa sem muita expressão. Desce num bairro simples, de ruas sem calçadas. Entra por um portão de ferro. Logo se depara com a senhora carrancuda. Me desculpe pelo atraso. Abre a bolsa, tira uma nota de 50 reais do bolo e entrega. A senhora sai sem dizer nada. Anita vai até o quarto da casa, um quarto de bebê. Olha para o berço para encontrar sua filha, que olha para ela atentamente. Anita a pega no colo com carinho, abraça suavemente a menininha, aconchegando-a no peito. Balança a bebê e canta uma doce cantiga.

AP

O LIMITE DO TÉDIO

"Quantos dias demora pra morrer de tédio?" - perguntou o sujeito. "Sete dias"- respondeu o contador. O contador é um idiota. O sujeito o mandou ir à merda. Quis mandar. Não pôde. Seria mandado embora. Só pensou e sentiu. Na realidade não disse nada demais. Fez uma piada pejorativa sobre futebol. "E o seu time, hein?" O contador nem riu, nem se irritou. Está morto já. Zumbi. O zumbi da contabilidade. Grande imbecil. Um exemplo para todos nós! "Sete dias". Quem é ele pra saber. Quem é o imbecil que ainda responde uma pergunta dessas? Tremendo idiota. O rei da associação dos idiotas. O presidente do sindicato dos idiotas. Presidente de porra nenhuma! Quem é que estuda contabilidade? "Mãe, eu quero ser contador quando crescer!" Deviam transformar as crianças de rua em contadores. É um castigo cruel, mas é melhor que roubar, matar. Cheirar cola é bom. Não é coisa só de maloqueiro. Quem nunca cheirou não pode falar. O contador nunca cheirou cola. Nenhum contador no mundo deve ter cheirado cola. Tem o universo de quem já cheirou cola e o universo dos contadores. Não há nenhuma intersecção entre esses dois universos, são paralelos. Seriam contadores esplêndidos. As crianças contadoras cheiradoras de cola. CCCC. As Crianças Contado... não importa. O contador nunca vai cheirar cola. Nem cola branca de papel, nem cola de bastão. Foda-se o contador!

******

A Lúcia do estoque é uma delícia. Peitão, rabão. Safada. Não dá pra ninguém. Deve ser bom chupar ela inteira. Não aqui. Depois do trabalho, depois de um banho. No final do expediente ela deve feder. Podridão, cheiro do inferno. Fica espremida dentro da calcinha, dentro da calça grosseira, roçando o dia inteiro, gerando secreções cheias de fungos e bactérias. Colônias e colônias de microrganismos, cada uma espremida dentro de suas microscópicas calças, gerando mais e mais secreções. Se não lavar bem, não tem jeito. Não vale nem uma punheta. Talvez o idiota da contabilidade. Ele tem o perfil de ser um doente pervertido com os piores fetiches. Ele comeria a Lúcia, cheia de secreções fedorentas e tudo. Com o seu pintinho mole de contador. Pinto fedido de ficar o dia inteiro enrolado na cueca. O filho deles podia ser uma criança contadora fedorenta que nunca iria cheirar cola. Que se fodam todas as contabilidades! E todas as mulheres gostosas e fedorentas que empesteiam os estoques e almoxarifados com seus seios fartos e bundas grandes! "Lúcia, chupa o meu pau, por favor?"

*****

Foda-se a previsão do tempo, sempre é mentira. São como as previsões sobre o mercado. Mentiras. Eu sei, eu que faço as previsões do mercado. Na verdade, todo mundo prefere uma mentira a uma verdade. Lógico! O mercado vai melhorar, as ações vão subir, vai chover dinheiro. Ótimo! A verdade não leva ninguém a lugar nenhum. O mundo é feito de mentiras. Se todas as pessoas resolvessem contar a verdade sobre todas as coisas ao mesmo tempo, o mundo ia acabar. Na hora! Mais devastador do que a bomba atômica. "Contem a verdade!" deveria dizer o exército americano a esses países do Oriente Médio que eles gostam de destruir. "Contem a verdade!". As pessoas comprariam ingressos, assentos vip para ver a destruição em massa pela revelação da verdade: "ele não é seu filho!", "eu não sou rico!", "eu não sou mulher!", "eu não estava jogando bola na quarta-feira!", "Deus não existe!". E assim vai. O maior espetáculo da terra. Bem melhor que carnaval. A mentira é que mantém as coisas de pé, que mantém o mínimo do equilíbrio mundial. Morte a todos os sujeitos honestos, os maiores inimigos da humanidade!

*****

Tem sujeito que surta. Perde o controle mesmo. Joga tudo pro alto. Manda todo mundo se foder. Vira as costas e vai embora. Tem sujeito que pega o chefe pelo pescoço e esgana até matar. Ninguém consegue impedir. Tem sujeito que quebra tudo. Bota o escritório abaixo. Toca fogo no depósito, atira a cadeira pela janela, mija na recepção, soca a cara do gerente, estupra a vaca do almoxarifado. Tem sujeito que surta e não volta mais. Tem uns que voltam. Voltam pra surtar de novo e acabar com tudo. Tem sujeito que bota uma bomba que vai transformar todo esse andar em chamas e ainda tranca a saída de emergência. Mas ele deixa um tempo extra pra poder dar o troco em cada babaca que passou por esse escritório. O problema é que a bomba pode demorar demais pra explodir. Tempo suficiente pro sujeito começar a pensar que não vai dar certo. Que o plano vai frustrar. Foi na segunda-feira. Hoje é domingo. O contador não tá aqui, nem a fedorenta do almoxarifado. Era pra demorar. Mas hoje não. Não tem ninguém pra socar na cara, dizer umas verdades. Eu queria ver aquele contador filho da puta queimando que nem um porco. A contabilidade é onde tem mais papel, onde queima mais rápido. O almoxarifado também, mas eu vou tirar a Lúcia de lá, vou comer ela no meio do escritório. Quando tudo estiver feito e o fogo ainda queimar o resto dos idiotas que trabalham por aqui, eu vou voar por aquela janela. Não vou morrer queimado, vou morrer livre, voando, quem sabe em chamas também, como um cometa. Lindo! Mas se a bomba não funcionar, eu mesmo queimo o financeiro e pronto. Vou preso, sei lá. Mas aquele contador filho da puta vai morrer na minha frente, vai derreter que nem vela. Sete dias! Quem é o idiota que responde esse tipo de pergunta! Contador filho da puta! Tic, tic, tic… boom.

                                                                           FC

PARA SIMÃO

Mergulho na noite morna, sem medo.
Se não der pé, eu me afogo.
Normal, eu sou assim.
Sempre fui e nem quero mudar.

Logo de cara vejo um gato me caçando, turista, cara vermelha de gringo torrado. *Guapo, pero no me gusta.* Me lembra Curitiba, terra bonita e ordinária. Sinto saudades dos amigos do Sul. Da cidade, muito pouco. Muitas promessas, poucas entregas. Teatro bom, público ruim. Aqui em João Pessoa é tudo mais rústico, mais real. Meu corpo tem raiz, é diferente. Não é melhor, mas é a minha terra. Porque ser ator é foda em qualquer lugar do mundo, eu acho.

Vejo meus amigos. Abraço, beijo, irradio meu afeto, contagio com libertinagem. Sempre sensual, eu sou assim, não tem jeito. Me envolvo no papo, nas risadas, flutuo pelo salão. É um bar novo, no centro histórico. Toca forró raiz e reggae dançante. Gente bonita, livre. Gostei de tudo! Vejo outro cara, preto como eu. Gosto da carne bem passada, do chocolate. Sorrio, deixo vir. A gente conversa, ele mexe no meu cabelo. Desde que deixei criar, sempre vem alguém brincar com a minha guedelha. Não gosto muito, mas ele pode, só ele. Peço um tempo, quero dançar, derreter, abraçar meus amigos. Ele entende, gosto disso. Rodo o salão, pulo, grito, vivo. As amigas babam no meu *boy*, as inimigas morrem de inveja. Tá na hora do incêndio! A gente se acha, se cola, se encaixa. Ele me chama pro banheiro. Não vou. Quero dilatar o prazer. Ainda é sexta, quem sabe amanhã, domingo, ou nunca mais. Tá certo que sou pura luxúria, mas eu gosto de me economizar. Ele entende, gosto ainda mais. A noite esfria, desanda, só tem maluco depois das duas. Beijo para todos, ¡*me voy*!

Minha casa é longe, centro histórico é só pra turista. Trabalhador mora do lado de fora da cidadela. Não importa, tenho energia de sobra e o meu corpo é fechado, não temo a noite.

Na subida da ladeira um menino vem com tudo. Não quero, aviso logo. Mas ele não tem alma, só uma faca. Por favor, não faça isso! Talvez não tenha dito nada. Não sei. Mas meus olhos de ator calejado lhe pediram, lhe imploraram: por favor, não faça isso menino! O frio na barriga, o gelo na alma, o silêncio no peito.

Agora eu sou assim, memória boa, história acabada, eco nos palcos vazios em que já pisei, sentimento triste no coração de quem me amou enquanto bicho vivo. Sou só saudade bonita e doída vagando por aí.

* Simão Cunha era um jovem e talentoso ator paraibano. Aprendeu e exerceu o ofício em Curitiba. Retornou a João Pessoa no final de 2018, lá teve a vida roubada pela violência em janeiro de 2019.

FC

PORCOS MALDITOS

Quando cheguei nesse lugar eu não tinha nem pelo nas partes de baixo. Menina de tudo. Criada na ignorância de uma família sem recursos, não conseguia nem criar minhas próprias ideias. A gente não tinha mais onde ficar na Alemanha e entramos em um navio, eu, meu pai, minha mãe e meu irmão, só com a roupa do corpo. Muita gente veio junto. Viemos parecendo bicho no curral. Pessoas dormindo grudadas e vivendo sem tomar banho por dias, comendo o pouco que havia. Tudo pela esperança de uma vida melhor. A loucura de um sonho já começava ruim, mas se fez casca pra engrossar a dureza da vida. Minha mãe morreu no navio, de febre alta e desinteria. Muita gente morreu assim. Sem condições, sem saber ao certo do quê. Meu irmão menor ficou terrivelmente doente, mas aguentou chegar até aqui. A fortaleza da infância o fez aguentar o tranco que muitos adultos não conseguiram.

Por fim, chegamos. No começo era difícil, trabalho duro na lavoura. Dia e noite. Mãos calejadas e a incerteza do futuro. Pobreza, miséria e um lugar para descobrir. Seguimos em frente como podíamos. Logo vieram os porcos. Um meio para sobreviver ao incerto. A criação aumentou rápido, quando me dei conta, estava rodeada de suínos. Com o decorrer do tempo, aos poucos, meu pai foi me incutindo afazeres domésticos. Um pouco mais crescida, dei por mim e estava trabalhando como minha mãe, eu tinha que cozinhar, cuidar da casa e do meu irmão. Dia e noite na labuta caseira. Não ia mais pra lavoura, nem tão pouco cuidar dos porcos, mas muita tarefa árdua não me fazia parar por um segundo sequer. O sentimento era de prisão perpétua dentro das quatro míseras paredes da casa, como se pagasse uma penitência infinita de alguma coisa que nem sei se cometi. Talvez pela simples existência de alguém inútil, sem habilidades especiais. Me especializei em cozinhar porcos. Foi o pequeno prazer que descobri sozinha. Podia fazer minhas mágicas culinárias que me entretinham por horas a fio sem ninguém me perturbar. Não era nada além das minhas tarefas cotidianas mas, ao fim, todos se deleitavam num jantar delicioso ao redor da mesa. Misturava temperos, fiz minha própria horta, colhia folhas frescas para criar molhos diferentes e sempre proporcionava um banquete aos convidados. Porque minha fama, realmente, ultrapassou os limites da minha casa, e meu pai, com meu irmão já crescido, chamavam vizinhos, parentes e raparigas para se deliciarem com o que eu fazia.

    Por um certo tempo me senti feliz. Realizava os trabalhos domésticos rapidamente, mas sempre com muito afinco, para me entregar à cozinha. Afiava facas, areava panelas, cozinhava, fritava e assava meus pequenos e grandes leitões com um entusiasmo que arrancava das minhas entranhas, era meu momento de júbilo. Uma pequena brecha nessa vida desafortunada para um regozijo único e solitário. Da vida particular, e de mulher que já estava, não tenho muito pra contar. Até então, ficava no quadrado da minha casa por muito tempo e só saía da porteira do terreno para ir à venda comprar mantimentos para a cozinha e para melhorar meu aprendizado de como elaborar meus pratos suínos. Isso não durou muito tempo. Não sobre os porcos, mas sobre minha vida como mulher.

Como nunca pude decidir nada, nem ter voz ativa e ouvida para qualquer assunto, meu pai e meu irmão decidiram que era hora de me casar. Não fui perguntada sobre o assunto, somente avisada. Sim, meu irmão, mesmo mais novo, aquele que criei como mãe, mesmo sendo apenas uma menina, decidira sobre meu destino. Assim, eu seguia como uma mera mercadoria de dois homens. Achei estranho eles perderem a regalia de me ter em casa para seus próprios benefícios, pois não passavam de dois matutos que não sabiam sequer cuidar de suas próprias barrigas vazias. Entendi que tinham outros interesses, não lhes importava a vida da filha e irmã capiau que lhes serviu até então, decidiram, por fim, pelos seus próprios umbigos. Primeiro, cada um deles já tinha uma pretendente em vista para ocupar o meu lugar. Segundo, um dos nossos vizinhos mais abastados, sempre teve de olho em mim, desde pequenina, para arranjar um casamento para seu filho. Digo que minha beleza singela, a princípio, chamou atenção, e logo meus dotes como uma boa esposa saltavam-lhe aos olhos.

Já mulher, com o sangue correndo em mim todo mesmo dia de cada mês, ainda me sentia uma menina, recém chegada à vida adulta, sem ter vivido a minha infância. Não sei se pela fase da vida, ou se tudo aconteceu muito rápido, quando me vi, estava casada. Claro que fui eu quem fez o jantar do dia da festa para todos os convidados e tive pouco tempo pra me arrumar como noiva. O grande leitão no centro da mesa, com uma maçã caramelizada na boca, era o meu orgulho daquele dia. Ao redor, as tortas que as mulheres traziam como presente. O rapaz parecia um bobo qualquer, não tivemos tempo de nos conhecer direito, mas a criação machista lhe impunha uma prepotência de macho reconhecível da época. Aos seus olhos um grande alpha de sua geração, mas nada além que apenas mais um gado da fazenda.

Parecia que apenas tinha trocado de casa e de homens. Só que não tinha mais o mesmo prazer em cozinhar. Ainda tinha porcos à vontade para minha escolha, fiz uma nova horta desde o começo, ia na mesma venda, tentava fazer as mesmas receitas, mas não tinha ânimo para criar novidades, e nada me fazia feliz. Antes, pelo menos, era a minha casa. Meu pai infeliz e o coitado do bronco do meu irmão. Mas era minha malfadada história. Agora não pertencia mais a mim. Era alheio à minha escolha. Questionava a decisão na minha cabeça, mas não conseguia demonstrar minha indignação.

Para piorar minha insatisfação, eu tinha deveres matrimoniais a cumprir. O que tive que descobrir por mim mesma e na prática, porque nenhuma mulher contava isso para as meninas. Uma vez vi os porcos no ato e isso nunca saiu da minha cabeça. Os barulhos, os movimentos, a insanidade. Meu marido parecia um deles em cima de mim. Pelo menos era rápido. Passando o tempo, o que já não eram flores foi-se tornando um lamaçal. Como homem jovem da casa, meu esposo teve que começar a viajar para trazer mais sustento e orgulhar seu pai que era sempre o primeiro da lista. Numa dessas viagens longas, tarde da noite, já deitada no escuro, quase adormecendo, meu sogro entra no quarto e para em pé me olhando. Estou de costas e sinto sua presença. Finjo que estou dormindo, tento não me mexer, quase prendo a respiração. Nesse silêncio percebo o gemido do velho que me lembra o do porco no chiqueiro. Tenho vontade de chorar, mas fico dura como uma pedra. Ele se deita nas minhas costas e começa a mexer em mim. Sinto que não é certo, tenho nojo do porco e não sei o que fazer. Continuo me fazendo de adormecida.

As viagens são frequentes e essas noites se repetem. Ele já percebe que não estou dormindo, mas eu continuo sem reação. Por muito tempo foi assim. Nem meu marido dormia mais comigo. O que era um certo alívio. Tinha a pressão de ter filhos, mas ao mesmo tempo ele já não sentia mais prazer no ato. Para ele, eu só servia como a doméstica da casa. Nunca me tratou bem e agora eu era praticamente invisível.

Foi então que decidi não passar mais por isso. Mesmo sendo uma coitada de uma caipira que não fazia falta pra ninguém, eu mesma não achava justo o que acontecia comigo. Por vezes, gostaria de ter morrido com minha mãe naquele desabençoado navio que nunca deveria ter levantado sua âncora. O infortúnio em que se transformou minha vida não merecia tal atitude. Não cabia nos meus pensamentos quantas desgraças poderia caber na vida de uma pessoa. Uma angústia tomava conta de mim, não cuidava da casa direito, não cozinhava mais e achavam que eu estava enferma. Aproveitei o fardo e me fingi de doente. Minha cabeça não parava de funcionar, tendo ideias que me deixavam com medo de mim mesma.

Na viagem seguinte do marido, dormi com a faca mais afiada embaixo do travesseiro. Quando o velho deitou, acertei a primeira direto no bucho. Já estripei muito porco com essa faca. Nunca mais ele colocaria as mãos em mim. Há tempos não vivenciava um prazer tão grande quanto sentir o metal atravessando o couro do bicho. Imundo. Levei a madrugada inteira, mas à luz de velas o cortei em pedaços e enterrei as tripas no quintal no fundo da casa. Do chiqueiro ouvi uns ruídos. Espero que por compaixão mais do que por identificação.

Dia amanhecendo, primeiros raios de sol, o filho chega. Como numa história mal contada, foi dormir à luz do dia pra descansar da viagem. Momento certo, oportuno, hora perfeita. Afio minha faca desgastada na lida da noite e a manobro com maestria no couro juvenil. Escuto menos grunhido do que dos porcos que já matei. Fui certeira. Mesmo ritual e enterro as tripas junto com as do pai. Que descansem em paz.

Com o dia livre e sossegado, dois corpos sem alma largados no chão de casa, resolvo dar comida aos porcos.

AP

CONFISSÃO

O carro é clássico, mas mal cuidado. No toca fitas soa um rock depressivo. Júlio aumenta o volume e acende um cigarro. *And she turned around and took me by the hand / And said, "I've lost control again".* O vento sopra seus cabelos enquanto ele acelera na rua abandonada.

Júlio, de longe, vê o sinal ficar amarelo. Pisa fundo fazendo o pneu gritar. Troca de marchas e atravessa a grande avenida com o sinal ficando vermelho. A adrenalina percorre seu corpo, um sorriso discreto escapa de sua boca amarga.

Em frente à loja de conveniência do posto, repousa solitário o carro com as janelas abertas, os faróis acesos e o som ligado. Vagando pelos corredores, Júlio ainda ouve a música em sua mente. Duas jovens funcionárias, uma loira e uma morena, conversam estusiasmadas, mas tudo soa distante, por baixo do vocal triste. Júlio com uma garrafa de vodca avança tropeçando até o caixa. As garotas continuam conversando indiferentes. A de cabelo escuro faz a venda enquanto a loira lixa as unhas. Júlio se agita e canta trechos da música, mas elas não tomam conhecimento de sua presença e continuam tagarelando. Então Júlio pega a vodca e sai derrubando as estantes que encontra pelo caminho. Numa avalanche de objetos coloridos, os produtos ultra industrializados se espalham pelo chão. A loira reclama aos gritos. Júlio desliza calmamente até seu carro. A outra segue gritando palavras que ele nem quer entender. Tudo soa distante. De costas, Júlio faz um sinal com o dedo e coloca seu corpo magro e alongado dentro do carro, arrancando bem devagar. A loira e o frentista se precipitam para deter o automóvel, como se pudessem segurar o carro. A loira ataca Júlio pela janela com suas unhas vermelhas enquanto o funcionário fica no caminho. Com sua mão grande de dedos longos, Júlio empurra o rosto da loira e acelera contra o frentista. A loira fica estatelada no chão e o funcionário, num ato patético, se deita no capô do carro. Júlio faz a curva para entrar na rua e se livra do rapaz, que cai rolando no asfalto, gritando palavrões. O carro entra na avenida cantando pneu, Júlio ainda consegue ver a dupla correndo e gesticulando no meio da rua. Mais um sorriso lhe escapa.

Júlio dirige até uma rua sem saída na parte alta da cidade. Entre o cão e o lobo, consegue ver as luzes dos postes e das casinhas se acendendo. Estaciona, apaga os faróis e alcança um objeto no porta luvas. Com um saquinho na mão, sai do carro balançando o corpo com seu gingado particular. No capô, desenha uma pequena cordilheira branca, que depois consome com a narina esquerda. Ao fundo, a cidade brilha.

Júlio coloca a garrafa quase vazia em cima do carro. Resolve outra carreira. Aproveita a rapa do tacho como se fosse doce. De súbito, dá uma despertada da zonzeira do álcool. Caminha cambaleando para longe. Puxa um revólver cromado, mira na garrafa e atira. O vidro da janela é que se estilhaça. Júlio gargalha se contorcendo todo, parindo um rumor que assombra a cidade. Dispara mais três vezes seguidas, o último acerta a garrafa. Outro sorriso. Procura algo de novo no porta luvas. Encontra o maço de cigarros e o isqueiro. Acende e fuma tranquilamente mirando a lagoa urbana. As luzes se fundem como pingos de chuva no pára-brisa molhado.

Júlio roda pelas ruas novamente. Passa por praças, grandes avenidas, túneis. Ora lento, ora muito rápido, assim como o fluxo dos seus pensamentos, o que o faz passar bastante a mão pelos cabelos negros, deixando-os cada vez mais oleosos.

Depois de algumas voltas, Júlio para o carro em frente a uma guarita toda fechada com grades e vidro escuro. A portaria de um grande condomínio de luxo, onde por cima dos muros enormes e altos só se vê os topos dos telhados e algumas janelas de áticos iluminados. Júlio aguarda alguns instantes e o portão se abre. O carro passa por uma série de grandes e belas casas decoradas com luzes de natal. Júlio estaciona em frente a uma das casas mais bonitas. A fachada brilha com os contornos das luzes coloridas. Júlio ejeta o K7 do toca-fitas, guarda no bolso, sai do carro, caminha até a porta e toca a campainha. Abre a porta uma mulher de meia idade, de beleza discreta e traços confiáveis.

Que supresa. Oi Júlio, tudo bem?

Oi dona Maria Cecília!

Ela oferece o rosto sem muito entusiasmo. Júlio a abraça com força, causando constrangimento, depois segue entrando pela casa sem ser convidado. Passa por uma sala decorada com uma grande árvore de natal rodeada de presentes. Chega à cozinha, igualmente luxuosa, ocupada por duas garotas bonitas e bem arrumadas. A mais nova corre abraçá-lo.

Oi, primo! Que bom te ver por aqui!

Oi, Maísa, minha prima preferida!!! - diz Júlio, retribuindo o abraço.

A tia entra em seguida, fazendo cara feia e abanando a mão em frente ao nariz. Maísa ignora, Helena, a prima mais velha, acha graça. Júlio tira a fita K7 do bolso e entrega para a mais nova.

Acho que você vai gostar dessa. Um pouco mais pesada que a última, mas faz muito bem pra alma.

Pelo menos uma pessoa da minha família tem bom gosto pra música.

Ei, eu tenho bom gosto pra música! - diz Helena.

Júlio solta uma gargalhada alta e debochada. Helena mostra o dedo, Júlio não vê porque já está de costas saindo da cozinha.

O seu tio está na biblioteca, diz a tia, a fim de evitar que Júlio vague sem rumo pela casa.

Helena cochicha:

Eu tenho certeza que ele é bicha!

A tia acha graça.

E daí? Pior é você, que é um vaca egoísta! - retruca a caçula.

Maísa! Que horror! É só esse marginal vir aqui que você perde a linha! - protesta Maria Cecília, que consola Helena, já com os olhos cheios de lágrimas.

Júlio entra na biblioteca onde encontra o tio lendo, sentado em uma imponente poltrona de couro, acompanhado por um copo de uísque. A biblioteca é grande com estantes de madeira nobre, repleta de livros, do teto ao chão. Ao lado da poltrona do tio fica um divã.

E aí Doutor Oswaldo?!

Oi, Júlio! Aceita uma bebida?

Júlio pega garrafa de uísque, tira a tampa, sente o cheiro e aprova a qualidade. Ele enche o copo e toma de uma vez só, depois se serve novamente. Oswalvo acha graça.

Acabei de ler "Crime e Castigo", diz Júlio enquanto olha os livros na estante. Ele corre o dedo pelos livros de Freud.

Foi aqui nessa biblioteca que você tomou gosto pela leitura.

Sempre me falaram que era um livro sobre a culpa, continua Júlio ainda sem olhar para o tio.

Bom, isso é óbvio, não é?

Júlio se vira para o tio e explica calmamente seu ponto de vista.

Não, na verdade o livro é sobre uma confissão, sobre a coragem e a importância de confessar.

A confissão é um sintoma da culpa.

É muito mais fácil cometer um crime do que confessá-lo.

Júlio, o livro é sobre um jovem tolo que pensa que poderia cometer um crime e sair impune por acreditar que era superior.

Júlio boceja.

É óbvio que ele não era superior e a culpa o corroeu por dentro, complementa o tio, com certo ar de superioridade.

A confissão é a única forma que um sujeito tem de provar que é de fato superior ao ato vil e desumano que cometeu. O livro prova justamente o contrário do argumento de que somente seres superiores conseguem cometer atrocidades e seguir em frente. A verdade é que qualquer covarde comete uma barbaridade e fica em silêncio para sempre, não é, tio?

O tio solta uma grande gargalhada. Júlio se senta na outra poltrona em frente ao seu tio.

Por exemplo, é mais fácil um pai matar um filho do que ele conseguir dizer publicamente: "eu matei o meu filho".

É, talvez isso faça sentido, diz o tio concordando cordialmente, escondido atrás de um sorriso pálido, antes de dar um longo gole em sua bebida.

Júlio projeta seu corpo para frente e olha no fundo dos olhos de seu tio:

Você pensa que eu esqueci de tudo, não é?

Oswaldo franze a testa tentando entender do que Júlio está falando. Júlio tira o reluzente revólver da cintura e o acomoda no colo. Sem perceber, gira o cotovelo e derruba o copo de uísque no chão. Júlio segue com os olhos fixos em seu tio e sem esboçar qualquer expressão. Os olhos não demonstram o que o corpo está sentindo, como se a raiva enrijecesse seu olhar.

Maria Cecília solta um grito agudo ao se deparar com a cena. Maísa e Helena chegam correndo.

Você pirou de vez, seu moleque?! - Diz a tia nervosa e repressora.

Eu já falei que ele não é normal, diz Helena num tom pretensioso e definitivo.

Em seguida Helena começa a se aproximar, mas Júlio a detém levantando a arma e olhando-a nos olhos. Maísa apenas assiste a situação.

Júlio se acomoda na poltrona, descansa o braço armado e olha para o tio.

Tio, por favor, conte-nos o que acontecia nessa biblioteca quando eu era pequeno, naquele divã, mais especificamente.

Oswaldo sorri com segurança.

Olha, eu quero te ajudar Júlio, mas não tenho ideia do que você está falando.

Viu, como é mais fácil cometer um crime do que confessá-lo? - replica Júlio calmamente.

Helena se exalta novamente:

Sua bicha drogada! Você nem sabe o que tá fazendo! Do que você tá falando?

Júlio a ignora.

A minha avó deve ter ficado tranquila quando você só teve duas filhas, não é?! Por que você não tem queda por menininhas, só por menin...

Não fale da minha mãe! Seu viadinho! Não fale nem de mim e nem da minha mãe, seu vagabundo! - Diz Oswaldo irritado, interrompendo a denúncia de Júlio.

A tia e as primas olham para Oswaldo boquiabertas.

Ele é que tá louco! Não sou eu! Grita exaltado, saltando as veias do rosto, pulsando de tão abrasado.

Maria Cecília tenta dizer alguma coisa, mas as palavras não saem de sua boca. Júlio levanta a arma e aponta para o tio.

Você é um viadinho, sempre foi! Não tem coragem! - Diz Oswaldo, com tom desafiador.

Júlio abaixa a cabeça e a arma. Oswaldo e as mulheres suspiram aliviadas. Depois de alguns instantes, Júlio se levanta da poltrona e mais uma vez aponta a arma para o tio, respira fundo, enxuga o suor da testa com a manga da jaqueta. Oswaldo agarra os braços da poltrona como se estivesse em um avião prestes a fazer um pouso forçado. Júlio hesita e então dispara. O tio olha assustado para Júlio, seu olhar se perde enquanto a vida escapa de seu corpo. Júlio se senta lentamente, assistindo indiferente ao fim de Oswaldo.

Maria Cecília, aos prantos, corre abraçar o corpo. Helena grita e xinga incessantemente. Para Júlio, tudo soa distante. Maísa permanece no mesmo lugar, em silêncio, olhando para o primo. Até que uma lágrima escorre do seu rosto.

FC e AP

Este livro foi produzido no Laboratório Gráfico
Arte & Letra, com impressão em risografia
e encadernação manual.